매직 아일랜드
MAGIC ISLAND

매직 아일랜드

❶ 레인보 크리스털

1판 발행 • 2002년 4월 30일
5판 발행 • 2005년 4월 20일

지은이 • 이사라
펴낸이 • 이종천
펴낸곳 • 오늘
등록일 • 1980년 5월 8일, 제10-104호
주소 • 서울시 마포구 도화동 340번지
전화번호 • 719-2811(대)
팩스 • 712-7392
http://www.oneul.co.kr
Email : oneull@hanmail.net
※ 저자와 협의하여 인지는 붙이지 않습니다.
※ 값은 표지 뒷면에 표기되어 있습니다.
※ 잘못된 책은 구입하신 서점에서 바꿔 드립니다.
ISBN 89-355-0391-4 04810
ISBN 89-355-0390-8 (세트)

매직
아일랜드
MAGIC ISLAND

❶ 레인보 크리스털

이사라 지음

“오늘

「매직 아일랜드는 세계지도나 지구본을 눈 씻고 찾아봐도 표시되어 있지 않은 마법사와 마녀들의 섬이다. 혹시 여행을 하다가 풍랑에 휩쓸려 이 섬을 발견한다 해도, 절대 들어가지 않는 것이 좋다. 이곳은 매우 위험하고, 또 들어간다 해도 마법을 모르는 평범한 사람들은 추방 마법에 걸려서 바닷물에 풍덩 빠져 상어밥이 될 수 있으니까」

· 주인공들

· 시비어 플루프
–붉은 머리의 활달한 소녀. 14살이고 Red의
수호인이다. 불의 속성을 가졌다.

· 데이피 듀보어
–붉은 머리에 키가 매우 큰 소년. 14살이고
Orange의 수호인이다. 플럭과 사촌간이며,
매우 친하다. 동물의 속성을 가졌다.

· 위시드 이든
–금발머리의 낙천적인 성격을 가진 소녀. 14
살이고 Yellow의 수호인이다. 빛의 속성을 가
가졌다.

• 플럭 듀보어
– 갈색 머리에 키가 큰 소년. 14살이고 Green
의 수호인이다. 데이피와 사촌간이며, 매우 친
하다. 식물의 속성을 가졌다.

• 프랭크 페커드
– 검은 머리에 안경을 낀 똑똑한 소년. 15살이
고 Blue의 수호인이다. 물과 얼음의 속성을 가
졌다.

• 필리코니스 브룩
– 침착한 성격의 점잖은 소년. 15살이고 Dark
Blue의 수호인이다. 어둠의 속성을 가졌다.

• 바이올렛 카글리아
– 감수성이 풍부한 소녀. 13살로 가장 나이가
적고 이름과 같은 Violet의 수호인이다. 꿈과
최면의 속성을 가졌다.

"내 사랑하는 수호인들에게"

안녕, 난 평소에 글을 쓸 때도 그랬지만, 이번 「매직 아일랜드」를 쓸 때는 특히 즐거웠단다. 그건 바로 무지개 빛으로 다가온 너희들이 있었기 때문이야.

난 글을 쓰면서 곧 너희들을 만나게 될 수많은 사람들을 생각하며 매일매일 즐거운 상상을 했단다.

그런데 책이 나오기 직전에 표지와 본문 그림을 보는 순간, 난 깜짝 놀랐어. 그 동안 혼자서 끙끙거리며 숨겨 놓고 만나던 나만의 친구들이 생생하게 살아 움직이는 것처럼 저마다 아름다운 표정을 짓고 있는 것이 아니겠어?

책이 나오려고 하자, 난 약간 허전함과 두려운 마음도 들었어. 그건 내 비밀 창고를 활짝 열어 버렸기 때문일 거야. 그러나 주위에서 좋은 말씀을 해주시는 분들 덕분에 다시금 용기를 가지게 되었어.

정말 좋아하고 마음속으로 꿈꿔 왔던 일을 하게 해주신 하나님께 감사드리고, 책이 나오기까지 애써 주신 모든 분들과 아빠 엄마께 감사드리고 싶어.

시비어, 데이피, 위시드, 플럭, 프랭크, 필리코니스, 바이올렛! 앞으로도 나의 좋은 친구들이 되어 주었으면 좋겠고, 너희들을 너무너무 사랑해.

내가 그렇게 사랑하는 만큼 이 글을 읽는 모든 분들도 너희들을 사랑해 주셨으면 좋겠어. 그리고 그분들께 즐거운 일들만 있었으면 좋겠어.

이만 안녕. 그럼 끝까지 용감하게 싸워 줘!

2002년 4월 25일
사라가

· 지금까지 사용한 주문

◇ 맥크넛 – 잠금 해제하기

◇ 스퀴드넥스 – 소환하기

◇ 루비듀모스 – 불꽃 만들기

◇ 오르네시아 – 물 역류시키기

◇ 크리티피 – 깨우기

◇ 리크리티피 – 재우기

◇ 라이츠 – 번개 날리기

◇ 애니멀로우 – 동물과 말하기

◇ 리오그린 – 잎 날리기

◇ 디만토이드 – 웃음 약 먹은 사람 치료하기

◇ 키바팅카 – 물방울 만들기

◇ 마이와이 – 기억 없애기

◇ 악튜린스크 – 어두운 색의 연기 만들기

◇ 네피어루 – 검은 나방 공격하기

◇ 스프링크 – 파리떼 공격하기

◇ 파이클 – 불씨 공격하기

◇ 아메티즈 – 어둠의 회오리 만들기

◇ 잘로우 – 독벌 날리기

◇ 메키돔스 나프네크 메키돔스 – 방어막 만들기

차례

1
레인보 크리스털

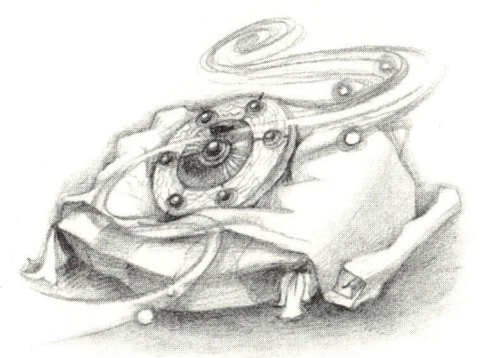

약간 진한 라일락 향기가 깔려 있는 어둡고 널찍한 방 안에 고풍스러운 원탁이 중심에 자리잡고 있고, 그 원탁에는 3명의 마법사들이 둘러앉아 있었다.

그들은 이따금 주위를 둘러보면서 조심스럽게 무언가를 의논하고 있었다.

"우리가 직접 나서는 것은 불가능해요. 5년 전 그때처럼 되면 안 되니까요. 걸리는 점이 있더라도 우리는 그것을 꼭 써야해요."

깐깐해 보이는 얼굴에 구입한 지 얼마 되지 않아 보이는 금테 안경을 낀 마녀 필키가 말했다.

"그것에 대해서는 신중히 해야 하오. 왜냐하면……, 왜냐하면……."

마법사 노먼이 말을 잇지 못하자 대머리가 반짝이는 피블이 끼어들어 말했다.

"알아요, 노먼. 무슨 말을 하려는지. 그래요, 그건 매직 아일

랜드의 보물 1호죠."

두 사람의 말을 듣고, 펄키는 신경질적인 목소리로 다시 말했다.

"할 수 없어요, 노먼. 젠장. 신중이고 뭐고 우린 결단을 내려야 해요. 어차피 회의를 한 건 결단을 내리기 위한 것이 아니었던가요?"

매사에 완벽하고 깐깐하기로 소문난 그녀의 입에서 그런 말이 나온다는 것에 대해 두 마법사는 잠깐 놀랄 시간이 필요했다. 그녀도 자신의 말투가 지금까지 그녀가 쌓아올린 이미지와 걸맞지 않다는 것을 알았는지 재빨리 목소리를 낮춰 다음 말을 이었다.

"레인보 크리스털을 마지막 해결책으로 사용합시다."

펄키는 그렇게 말하고는 밖으로 총총히 걸어나갔다. 그녀는 걸어가다가 잠시 뒤를 돌아보고 멈춰 서더니 남겨진 노먼과 피블에게 빨리 오라는 듯 손짓을 했다. 남겨진 둘도 펄키가 문을 열고 기다리자 이내 따라나섰다.

세 사람은 방에서 나와 한참을 걸었다.

매직 아일랜드에 있는 대부분의 성들은 수백 개의 마법 주문과 미로로 둘러싸여 있어서 빠져나가는 일이 매우 어려웠다.

그 중에서도 특히 이 세 사람이 살고 있는 해변에서 조금 깊숙이 들어간 숲속에 위치한 *비팀*은 매직 아일랜드 문화부가 주최한 '최고로 복잡한 성에게 주는 상'을 받을 정도로 구조가

특이하고도 복잡한 성이었다. 그 상 덕분에 세 사람은 꽤 많은 상금을 받았다.

상금을 받은 바로 다음날, 그들은 한눈에 보아도 값이 꽤 나갈 것 같은 번지르르한 망토들을 구입했다.

노먼은 눈부신 은색의 용 비늘로 된, 매우 가볍고 질긴 제품을 샀고, 펄키는 새카맣고 가운데에 커다란 터키석이 박힌 벨벳 망토를 샀으며, 피블은 그의 얼굴만큼이나 빨갛고, 황금색 단추에 자잘한 레이스까지 달려 있는 망토를 샀다.

그때의 모습은 사진에 고스란히 담겨 있는데, 그것은 피블의 강력한 권유로 크고 화려한 액자에 담겨 가장 큰 계단 바로 옆 벽에 걸리게 되었다. 그러나 매직 아일랜드 사람들 가운데 최고의 권위자인 이 세 사람에게는 성에서 나가는 것쯤은 단지 가벼운 운동이나 다름없었다.

그들은 어찌나 빨리 문들을 확확 열어 젖혔던지 노먼이 한꺼번에 문 두 개를 여는 바람에 피블은 하마터면 노먼의 뒤통수에 잠금 해제 주문을 걸 뻔했다.

수백 개의 문과 장애물에 피블이 조금 지쳤는지 커다란 이 무기 석상에 주문 거는 것을 재빨리 마치고는 성의 지리를 제일 잘 아는 노먼에게 물었다.

"이제 얼마나 더 가면 됩니까?"

"음……, 가만가만, 오! 그래, 여기서 왼쪽으로 꺾어서 조금만 걸어가면 붉은색 바탕에 온갖 독초가 그려 있는 마지막 문이 있을 것이오."

그는 덧붙여 길게 말했다.

"언제 한번 우리 성에 땅굴마을 코르도바에 사는 가난한 롤핀 가의 아이들을 초대하는 게 어떻겠소? 우리 성의 작은 도서관에는 정말 오래된 마법 도서들이 있고, 성 안 곳곳에는 알다시피 문과 벽에 유용한 지식들이 새겨져 있소. 난 그 아이들이 비록 교육은 제대로 못 받았지만, 살아가면서 필요한 것들을 우리 성에서 배워 갔으면 좋겠소. 독초며 약초, 온갖 주문들까지……. 아! 물론 저주나 공격 같은 것은 빼고 말이오. 그런 것들은 아이들에게 위험해요. 뭐 자기가 키우는 귀여운 벌레를 춤추게 할 수 있는 그런 주문들은 재미있게 배워갈 수 있겠군요, 껄껄껄. 또……."

"언제 한번 여유가 생기면 그렇게 하죠."

신나게 떠들어 대던 노먼의 말을 옆에 있는 피블도 무안해질 정도로 딱 잘라 버린 펄키는 다시 걸음을 재촉했다.

왼쪽으로 꺾어지자, 정말 노먼의 말대로 붉은 문이 나왔다.

"맥크넛!"

"끼이익―"

커다랗고 무게가 족히 1톤은 되어 보이는 문이 도도해 보이지만 늙고 여린 마녀의 한마디로 천천히 열렸다. 다른 문에 비해 크기가 너무 커서 열리는 데 시간이 조금 걸리기는 했지만, 결국 열렸다.

레인보 크리스틸

성 안은 너무 어두컴컴했으므로 들어오는 햇빛이 그들에게 더욱 눈부시게 느껴졌다. 이맛살을 심하게 찌푸리고 손으로 얼굴을 가린 세 사람은 다시 길을 걸었다. 노먼이 뒤처지는 펄키와 피블을 돌아보며 소리쳤다.

"다들 이 늙은이보다 뒤처질 생각이오?"

"언제 걸어도 이 길은 길게 느껴지는군요."

망토 자락으로 이마의 땀을 닦으며 펄키가 말했다.

그렇게 한참을 걷자, 해변이 나왔다.

여름인데도 시릴 것만 같은 새파란 물이 넘실대고 있었다. 그들은 발이 모래에 푹푹 빠지는데도 끈기 있게 자신들의 고급스런 지팡이로 짚어가며 걸어가 결국 바닷가 한가운데의 널찍한 모래밭에 도착했다.

그들의 모습은 매우 우스꽝스러웠다. 노먼의 콧등에는 땀방울이 송글송글 맺혀 있었고, 그의 지팡이는 본래의 잘 빠진 암갈색 빛은 온데간데없고, 모래가 잔뜩 묻어서 마치 설탕가루가 묻은 초콜릿 같았다.

다른 두 사람도 마찬가지였다. 펄키는 자기의 고급스러운 벨벳 망토 자락에 묻은 모래를 흔들며 털어내고 있었고, 피블은 정신 사납게 한쪽 용가죽 부츠를 벗어들고 나머지 한 발로 껑충대면서 모래를 털고 있었다. 펄키가 모래가 다 털렸는지 이마의 땀을 닦으며 노먼에게 말했다.

"노먼, 그것들을 부를 준비는 되었겠죠?"

노먼은 그녀의 말을 듣고 곧장 망토의 소맷자락에서 투명한 보석을 꺼냈다. 그것은 아무 색깔도 띠지 않고 그저 투명했으나 매우 고귀하다는 느낌이 드는 희한한 보석이었다. 그것을 바라보며 노먼이 추억에 잠기듯이 말했다.

"이 네지엔 석을 만드느라 나는 몇 번이나 눈썹을 태워 먹었소. 정말 까다로운 보석이야."

그는 말을 마치고 잠깐 사랑스러운 표정으로 네지엔 석을 바라보더니 그것을 지팡이 윗부분의 뚜껑을 열고 집어넣었다.

잠시 후 투명한 보호막이 지팡이 주변에 생기더니 펑 소리와 함께 보호막이 반짝거리며 지팡이 주변에 어른거렸다. 그는 만족스러운 표정을 지으며 아직도 모래가 묻어 있는 지팡이를 흔들면서 소리쳤다.

"스퀴드넥스! 레인보 크리스털!"

그의 힘찬 외침에 펄키는 목소리를 낮추라고 몸짓을 해보였지만 노먼은 못 알아들었는지 지팡이 끝에서 튀어나온 7개의 보석들을 신비로운 듯 바라보며 계속 뭐라고 중얼거렸다.

펄키도 호기심이 났는지 가까이 다가가 보석을 만져 보았다. 그때 옆에서 뭔가 둔탁한 소리가 났다. 피블이 부츠의 모래를 털다가 넘어진 것이다. 자기를 한심하다는 눈초리로 바라보는 두 사람에게 그는 멋쩍은 웃음을 지어 보였다.

"오, 피블. 이게 무슨 방정맞은 행동인가?"

"……"

노먼의 말과 펄키의 싸늘한 눈초리에 참을 수 없이 부끄러워진 피블은 모래에 푹 꺼진 몸을 일으켜 세우며 조심스럽게 지팡이를 꺼냈다. 그의 바지 주머니에서 나온 지팡이는 처음에는 한 20센티미터 정도밖에 되어 보이지 않았는데, 그가 주문을 외치자 그의 키를 훌쩍 넘게 커버렸다.

약간 매끄러워 보이는 지팡이의 맨 윗부분에는 그가 매우 좋아했으리라 짐작되는 커다란 빨간 구슬이 느린 속도로 돌아가고 있었다. 그는 지팡이를 보며 잠시 흐뭇한 표정을 짓더니 노먼에게 조심스럽게 물었다.

"저, 그 레인보 크리스털을 한번 만져 봐도 될까요? …아주 잠깐이면 돼요."

"그렇게 하세요. 솔직히 입으로만 전해 내려오던 레인보 크리스털을 이렇게 가까이 보니 숨이 막힐 정도로 기분이 묘하군요. 물론 노먼이 오랜 시간 동안 소환 주문에 대하여 연구하고 또 찾아내지 못했다면, 이렇게 볼 수조차 없었겠지만요. 대단해요."

펄키가 입가에 주름이 잔뜩 지도록 미소를 지으며 말했다. 그녀의 입에서는 나오기 힘든 부드러운 칭찬의 말을 듣자, 노먼은 상당히 쑥스러워하며 말했다.

"오, 정말 고맙소, 펄키. 오늘 너무 펄키답지 않은 말을 많이 하는 것 같소. 그래도 칭찬은 정말 달콤하군요. 껄껄."

말을 마친 노먼의 얼굴은 더욱 빨개졌다. 옆에 서 있던 피블은 그 모습을 보며 웃음이 나오는 것을 간신히 참으려는 듯 우는 것도 아니고 웃는 것도 아닌 우스꽝스러운 표정을 지었다. 잠시 화기애애한 분위기가 되었으나 펄키가 우울해지는 말을 꺼냈다.

"과연 선택받은 수호인들이 킥워드의 마력을 이길 수 있을까요? 만약 킥워드를 막지 못한다면, 이 신비롭고 아름다운 섬뿐만 아니라 세상까지……"

펄키의 눈에는 눈물이 고였다. 피블은 펄키의 어깨를 토닥여 주면서 한숨을 쉬었다. 그 모습을 지켜보던 노먼이 고통스러운 표정을 짓다가 입을 열었다.

"레인보 크리스털이 데리고 올 수호인들은 그야말로 신의 힘이 깃든 보석들로, 순수하고 깨끗하며 세상을 구하기 위해 선택된 아이들이오. 우리는 그들에게 우리가 알고 있는 모든 것을 쏟아 부어 그들을 교육시켜야 하오. 그것이 우리의 임무이오. 나머지는 그들의 잠재된 영적인 힘과 이 7개의 보석들이 알아서 할 것이오. …우리가 내린 마지막 결정인 만큼 꼭 승리할 것이오. 그러니 진정하고 하던 일이나 계속 합시다."

"당연히 승리해야죠. 그렇고말고요."

펄키는 망토 자락으로 눈물을 닦은 다음, 모래 위에 떨어져 있는 반짝거리는 빨간 보석을 집으며 그렇게 말했다.

나머지 6개의 보석들도 각기 무지개 빛깔을 띠고 있었는데, 반짝반짝 빛이 나서 만지기가 두려울 정도였다.

레인보 크리스털

"이제 소환 마법을 걸 차례인가요?"

"그렇소."

노먼의 대답을 들은 펄키는 한번 숨을 크게 들여마신 후, 자신의 지팡이를 꺼내 휘두르며 외쳤다.

"스퀴드넥스!"

마법이 걸렸는지 보석 주위에 투명한 보호막 같은 것이 씌워졌다. 그녀는 그 보석을 내려놓고 다른 보석에 계속 마법을 걸었다. 그렇게 각기 다른 색의 7개 보석에 보호막이 생기자 그녀는 하나하나 바다에 띄워 보냈다.

7개의 보석은 각자 자기에 걸맞은 수호인을 찾아 물결을 타고 바깥 세상으로 흘러갔다.

그렇게 흘러가던 레인보 크리스털이 더 이상 보이지 않을 정도로 멀어졌지만, 세 사람은 한동안 말없이 서 있었다.

한참 동안 침묵이 흐르자, 늘 그래 왔듯이 피블이 긴 침묵을 깼다.

"모든 것이 다… 잘될 겁니다."

"그래야지요. 그래야 하고말고요."

피블은 계속 서 있는 것이 지루했던지 성으로 돌아가고 싶어했다. 그것을 본 펄키도 망토 자락을 모래에 끌리지 않으려고 높이 움켜쥔 후 한 걸음 한 걸음 모래 위를 천천히 걸어 피블을 따라나섰다. 자기만 빼놓고 갈까 두려웠던지 노먼도 냉큼 따라나섰다. 그는 아직도 미련이 남은 듯 바다 쪽으로 고개를 천천히 돌렸다. 그때 멀리서 두둥실 떠내려오는 둥그스름한 물체들을 발견했다. 그는 힘겹게 모래밭을 걸어가고 있는 두 사람을 향해 소리질렀다.

"피블! 펄키! 오고 있소! 레인보 크리스털이 오고 있단 말이오! 저길 봐요!"

갑작스런 노먼의 외침에 당황한 두 사람은 노먼이 가리키고 있는 쪽을 바라보았다. 틀림없었다. 둥그런 보호막에 싸여 형태가 분명치는 않았지만, 틀림없는 레인보 크리스털이었다. 그것들은 각자 자기가 더 잘났다고 뽐내듯이 각기 다른 색깔의 엄청난 빛을 뿜어대며 서서히 오고 있었다.

조금 후 모래밭에 다다랐는데, 그것들은 바닷물로 인해 모래가 살짝 덮여졌음에도 환하게 빛을 발했다.

"저것을 가지고 성으로 돌아갑시다."

노먼이 짧게 말하자 나머지 두 사람은 고개를 끄덕이더니, 레인보 크리스털을 주울 수 있을 만큼 가까이 다가가 그것을 각자 몇 개씩 쥐고는 성으로 돌아갔다.

2
7명의 수호인들

그들이 성에 도착했을 때는 이미 많이 어둑어둑해졌을 때였다. 힘있게 잠금 해제 주문을 외친 노먼은 모두를 인솔해 낮에 회의했던 방으로 들어갔다.

"이제 소환 마법을 풀어야겠어요."

펄키는 그렇게 말하고 재빨리 마법을 풀었다. 레인보 크리스털이 약간 움직이는 것이 보였다. 피블과 노먼은 수호인들의 모습이 궁금해서 고개를 쑥 내밀어 주시했다.

이윽고 보석들은 펑 하는 소리와 함께 연기를 뿜었다.

빨간 보석에선 빨간 연기가, 주황색 보석에선 주황색 연기가 나오는 등 보석마다 각각 다른 색깔의 연기가 나왔다.

맨 처음에 나온 레드의 수호인은 여자아이였는데, 머리 색깔이 붉고 주근깨가 약간 있었다. 한눈에 불같은 성격을 지니고 있을 것 같은 느낌을 줄 정도로 강렬한 인상을 주었다.

그녀는 한참 동안 주위를 둘러보더니 소리를 빽 질렀다.

"으악!"

이 시끄러운 비명에 너무 놀란 세 마법사는 귀를 틀어막고 눈을 질끈 감았다. 정신을 겨우 차린 노먼이 진정을 시키려고 지팡이를 들고 다가가자 그녀는 고래고래 소리를 지르며 뒷걸음질쳤다. 나머지 두 사람은 고개를 저으며 한숨을 쉬었다.

펄키가 보다 못해 지팡이를 가볍게 휘두르며 레드의 수호인에게 진정 마법을 걸었다. 여자아이는 소리를 지르다가 보라색 연기가 몸을 휘감자 졸린 눈이 되어 버리더니 그대로 주저앉아 버렸다. 피블이 짜증이 난 듯 외쳤다.

"무슨 목소리가 저렇게 큽니까?"

피블이 말을 마치자마자 초록색 연기가 꿈틀거리더니 그린의 수호인이 나왔다. 그는 세 사람을 빤히 쳐다보더니 머리를 벅벅 긁으며 멍하니 서 있었다. 그는 키가 매우 크고 머리 색깔은 갈색이었으며 짙은 갈색 눈동자를 지니고 있었다. 그는 레드의 수호인처럼 소리를 지르거나 기절을 하지는 않았다. 다행으로 생각하며 펄키가 맨 먼저 그에게 다가가 반갑게 인사를 했다.

"반갑구나. 여긴 매직 아일랜드의 비팀이야. 진심으로 환영한다. 난 모니카 펄키야. 모니카라고 불러도 된단다. 이분은 매직 아일랜드에서 제일 똑똑한 골든 노먼이고, 저분도 마찬가지로…… 아! 포시다드 피블이야. 인사하렴."

노먼은 얼굴이 빨개져서 펄키에게 미소를 지었고, 피블은 자기에 대해 아무 말도 하지 않아 조금 속상해했다.

7명의 수호인들

그린의 수호인은 눈이 동그래지더니 말했다.

"여기가 어딘지는 모르겠지만, 제 이름은 플럭이에요, 플럭 듀보어. 갑자기 뭔가 초록색의 반짝이는 것이 날아오더니 제 머리를 갈겼… 아니 때렸죠. 그 뒤론 생각이 잘 안 나요. 무슨 속셈이죠? 모니커?"

"틀렸어. 내 이름은 모니카야. 그게 중요한 것이 아니고, 우린 속셈 같은 건 없단다. 너무 놀라지 말고, 내 얘기를 잘 들으렴.

여기는 아까도 말했듯이 매직 아일랜드야. 마법사와 마녀들의 섬이지. 예로부터 이곳은 아주 평화로웠고, 그런대로 조용하게 우리들만의 세계를 꾸려 나가고 있었지. 그런데 악한 힘으로 세상을 지배하려는 무리들이 나타났어.

그들은 '블랙'이란 악한 힘이 가득 차 있는 보석을 깨워 그 힘으로 매직 아일랜드를 점점 썩게 만들었는데……; 정말 무시무시했었지.

나와 노먼, 그리고 피블이 매직 아일랜드의 모든 마법사와 마녀들과 힘을 합쳐 그 무리를 간신히 소탕했지만, 무리의 최고 지배자인 '킥워드'는 당해 내지 못할 것만 같았지. 그는 블랙의 힘을 그대로 내려받아 엄청난 마력이 있었거든.

그러나 우리는 그를 결국 이겼단다. 매우 착하고 정의로운 마녀 12명과 마법사 17명이 그에게 죽임을 당했지만 죽는 마지막 순간에 그들의 마력이 모두 합해져서 킥워드에게 엄청난 힘을 가했어. 결국 그는 블랙에 봉인되었고, 매직 아일랜드는 5

년 간의 암흑 끝에 다시 평화를 되찾았지.

그런데 블랙의 봉인이 지금 풀리려고 해. 만약 봉인이 풀린 다면 더 이상 우리 힘으로는 막을 수 없게 된단다. 그래서 우리보다 더 큰 힘을 가지고 있는, 킥워드를 이길 수 있는 보석을 사용하려 하는데 그것은 매직 아일랜드가 처음 생길 때부터 만들어진 매우 귀중한 것이라 쉽게 결정을 내리지 못했었지. 하지만 지금으로서 그것을 쓰는 것이 최선이라고 생각되어 너와 더불어 7명의 수호인을 소환한 거야. 그러니까 너는 지금 레인보 크리스털에게 선택된 거지.

참, 레인보 크리스털이란 선한 힘을 가지고 있는 무지개 색의 보석이란다. 모두 7개인데, 너는 그 중 그린의 수호인이야. 그린은…… 용기, 정의, 진실이지. 믿을지 모르겠지만, 너는 태어날 때부터 수호인이 될 운명이었다고 말할 수 있단다.

네가 지금부터 해야 할 일은 다른 6명의 수호인들과 함께 7개의 옵스트러를 지나 블랙을 완전히 파괴시키는 일인데, 꼭 성공해야만 해. 이 일에 우리 매직 아일랜드의 미래가 달려 있으니까."

펄키의 긴 설명을 들은 플럭은 잠시 생각에 잠기더니 겨우 입을 열었다.

"지금 당신이 한 말은 거의 다 못 믿겠어요."

"오, 플럭! 이건 사실이야! 엄청난 사실! 믿어야 해, 믿어야."

펄키가 흥분해서 소리쳤다.

플럭은 잠시 겁먹은 듯 눈을 동그랗게 뜨더니 다시 말했다.

"하지만 정말 멋진걸요! 이건 완전히 꿈같은 일이잖아요! 이런 기회가 오다니 난 정말 행운아 같아요."

플럭의 반응에 모두들 흡족해하는 것 같았다.

플럭이 꿈을 꾸듯 생각에 잠겨 있을 때였다. 이번엔 주황색 연기가 흔들리더니 또 한 명의 남자아이가 나왔다. 그는 매우 들떠 있는 표정이었는데, 역시 플럭과 마찬가지로 키가 매우 컸으며 얼굴이 하얗고 머리는 붉은색이었다. 그는 플럭과 아는 사이인지 그의 어깨를 툭 치며 말했다.

"플럭! 또 무슨 장난을 꾸민 거야?"

"오, 데이피. 이건 장난이 아니야. 아주 심각한 문제라구."

플럭은 그를 데이피라 부르며 장난스럽게 말했다. 데이피는 주위를 한번 둘러보더니 쓰러져 있는 빨강머리 여자아이를 보고 다시 물었다.

"플럭, 네 말대로 아주 심각한 문제구나."

"하지만 너도 분명 좋아하게 될 거야. 이 상황을."

"일단 설명부터 해주……."

데이피의 말을 끊고 펄키가 또다시 나섰다. 그는 일단 이름부터 물었다.

"이름이 데이피니? 플럭과 아는 사이인가 봐?"

"제 이름은 데이피 듀보어예요. 플럭의 사촌이자 기막히게 완벽한 파트너죠. 아! 그런데 댁은 누구시죠?"

31

"내 이름은 모니카 펄키야. 매직 아일랜드의 마녀지. 참, 매직 아일랜드는 마법사와 마녀들의 섬이란다."

"마법사와 마녀? 이봐 플럭, 어떻게 된 일이야. 실토해."

"설명이나 들어. 얘기하자면 복잡해."

펄키는 데이피에게 긴 설명을 해주었다. 그는 이야기를 듣는 도중에 '이런'이라든지 '휘유 –'란 말을 많이 썼는데, 그래도 주의깊게 듣는 것 같았다.

그는 펄키의 설명이 끝나자, 고개를 끄덕이더니 밝은 표정으로 말했다.

"저는 플럭과 함께라면 무슨 일이든 할 수 있어요! 우리 둘이 뭉치면 해결 못하는 일이 없거든요. 그리고 정말 환상적인걸요!"

지금까지 입을 다물고 있던 노먼이 나섰다.

"하지만 이 일은 너희가 생각하고 있는 것처럼 환상적이지 못해. 위험하고 끔찍하지. 무시무시한 일이야."

"노먼, 겁주지 말아요."

펄키가 노먼에게 못마땅한 듯 쏘아붙였다. 그때 나머지 네 개의 연기가 흔들리더니 네 명의 아이들이 튀어나왔다. 그들은 어리둥절한 표정으로 서 있었는데, 금발에 푸른 눈을 가진 아담한 체구의 옐로의 수호인이 피블에게 다가와 물었다.

"아저씨! 여긴 어디죠?"

피블이 "마법." 하고 말하려던 순간, 블루의 수호인이 나서서 대신 대답해 주었다. 그는 뿔테 안경을 쓰고 있었다. 머리는 검은색이었고 눈동자는 갈색이었는데, 색이 매우 아름다웠다.

"안녕? 난 프랭크 페커드야. 내가 지금까지의 상황을 종합해 본 결과, 우리는 미지의 세계에 와 있다고 나와 있어."

"어디에 나와 있는데?"

"내 머리 속에서 이미 정리되어 출력이 되어 있다구. 어쨌든 어떻게 그 결과가 나왔느냐 하면, 일단 이 방 안의 분위기와 물건들을 보면 알 수 있어. 저기 있는 지팡이와 새장에 갇혀 있는 부엉이들, 그리고 수정 구슬 등을 보면 일단 일반 세계의 방과는 다르다는 걸 알 수 있지. 그리고 제일 중요한 건 저 이상한 망토를 입고 있는 세 사람이야. 방금 저 붉은 망토를 입고 있는 대머리 아저씨가 *마법*이란 단어를 사용했잖아. 이건 보통 사람들이 쓰는 단어가 아니라구."

"넌 참 똑똑하구나. 네 이름이 프랭크라구? 내 이름은 위시드 이든이야. 대충 네 얘기를 알아듣겠어."

제각기 수선을 떨고 있는 아이들을 한데로 집중시키려고 노먼이 탁자를 두드렸다. 모두들 탁자를 쳐다보자, 노먼은 집중한 아이들에게 설명을 해주었다.

이야기를 들은 아이들은 모두 놀라움을 금치 못하는 표정이었다.

노먼의 이야기가 절정에 다다랐을 때, 바이올렛의 수호인인 소녀가 질문을 했다.

"저는 무엇의 수호인이죠?"

이 질문에 피블이 대신 대답해 주었다.

"너는 바이올렛의 수호인이야."

피블의 말을 노먼이 또다시 반복해 대답해 주었다.

"바이올렛."

그 말을 들은 소녀의 얼굴이 창백해지더니 외쳤다.

"그렇다면 제가 이 일에 휘말리게 된 이유는 이름 때문이군요! 이름을 바꾸겠어요! 이름을 바꾸겠다구요! 그럼 문제가 없겠네요… 가만… 무슨 이름으로 바꾸지? 옳지……."

새 이름을 짓느라 바쁜 바이올렛의 수호인의 말을 끊고 피블이 질문했다.

"이름 때문이라니?"

"제 이름은 바이올렛이에요. 제 이름 때문에 보라색의 수호인이 된 것 아닌가요?"

"바이올렛, 세상에 바이올렛이라는 이름을 가진 사람은 엄청 많아. 이름 때문이라면 왜 하필 너겠니?"

"필요 없어요. 이제부터 전 로벨리나 카글리아예요. 저희 할머니는 제가 이 이름을 갖기를 원하셨죠. 이제 됐어요. 전 이제 로벨리나이고, 당신들은 다른 바이올렛을 찾으면 되는 거예요. 끝이에요. 안녕!"

인사를 한 후 바이올렛은 총총히 자신이 나온 보라색 연기 쪽으로 걸어갔다.

"바이올렛! 그만둬!"

피블이 얼굴이 빨개져서 소리쳤다.

"바보 같은 짓이야. 지금 가버린다면, 넌 운명을 거스르는 거야."

"제 인생은 제가 사는 거예요. 이 억지스러운 것을 따를 순 없어요. 여섯 명도 충분할 것 같은데, 그애들이나 데리고 그 무시무시한 킥워드란 자를 해치우도록 하시죠."

"왜 가려고 하는 건데?"

펄키가 물었다. 바이올렛은 한참 생각한 뒤 대답했다.

"위험할 것 같아서요. 조금 이기적인 생각일지 모르겠지만 저 말고 다른 사람을 써도 되잖아요."

펄키는 살며시 미소를 지으며 바이올렛에게 부드럽게 말했다.

"그래, 왜 하필 자신이냐고 생각되겠지. 하지만 레인보 크리스털이 그랬는걸. 이 소녀가 수호인이 돼주면 좋겠다고, 이 소녀가 수호인이 되어야만 내 힘을 발휘할 수 있겠다고. 그래서 레인보 크리스털이 널 데리고 온 거야. 그리고 내가 조금도 거짓을 보태지 않고 얘기하자면 이 일은 위험해. 아주 위험하지. 어쩌면 너희는… 다시는 가족들을 만나지 못할 수도 있어. 하지만 이건 선택에 불과해. 너희들도 이해가 갈 거야."

펄키의 말에 프랭크가 이해했다는 듯이 중얼거렸다.

"우리가 가만히 있거나 나서서 실패를 하거나 결과는… 똑

35

같아. 나라면 50%의 이길 확률을 믿고 떠나겠어. 너희들 생각은 어때?"

"프랭크! 이번엔 나도 이해했어. 나는 떠나기로 결심했어."

위시드가 발랄하게 외쳤다. 이에 질세라 플럭과 데이피가 동시에 외쳤다.

"그렇다면 우리가 가만히 있을 수 없지!"

지금까지 잠자코 듣기만 했던 다크 블루의 수호인 필리코니스 브룩도 동의했다.

"이왕 이렇게 오게 된 거, 우리가 한다면 좋지."

바이올렛은 모두의 반응에 한숨을 쉰 후 어쩔 수 없다는 듯이 말했다.

"좋아. 도전해 보겠어!"

"그래, 모두들 고맙다. 이제 너희들이 해야 할 과제를 설명해 줄게."

펄키가 얘기를 시작하려던 찰나, 그녀는 레드의 수호인이 기절했다는 사실을 기억해 냈다. 그녀는 매우 당황해 그 빨강머리 소녀를 어찌해야 할지 갈팡질팡하고 있었다.

"펄키가 기절시켰으니 펄키가 책임지세요."

노먼과 피블이 펄키에게 말했다.

펄키는 조심스럽게 소녀에게 다가갔다. 그리고는 지팡이를 한번 살짝 흔들어 그녀를 깨웠다. 그녀는 잠시 풀린 눈동자로 멍하니 앉아 있더니 이내 툭툭 털고 일어나 모두에게 외쳤다.

36

"나를 집으로 돌려보내 줘!"

막무가내인 그녀를 설득하기는 정말 힘들었다. 모두들 땀을 비질비질 흘려가며 한마디씩 돌아가며 설명을 해주었다.

그녀는 처음엔 불같이 화를 내더니 그런 일은 있을 수 없다 며 주먹을 움켜쥐었다. 그리고는 주먹을 휘두르며 위협적으로 말했다.

"킥워드란 놈, 내가 때려눕혀 줄 테다!"

그녀의 이름은 시비어 플루프라고 했다. 모두들 그녀를 설득 시킨 것에 대해 매우 기뻐했는데, 특히 펄키가 제일 기뻐했다. 이제 그들에게 마법의 기초를 가르치는 일이 남았다. 노먼은 피블과 펄키에게 아이들을 맡기고 어디론가 가버렸다.

잠시 후 노먼이 다시 나타나 말했다.

"수호인들을 훈련시킬 준비가 다 되었소"

그는 이렇게 말하고 다시 또 어디론가 가버렸는데, 펄키와 피블은 그에게 신경쓰지 않고 수호인들을 인솔해 방을 나섰다. 노먼이 한참 앞서가고 있었고, 그들은 노먼을 뒤쫓아 한참을 걸었다. 이상하게도 피블과 펄키는 하나도 지치지 않는 모양이 었다. 하지만 7명의 수호인들은 힘겨워하는 것 같았는데, 예외 로 플럭과 데이피는 매우 들떠서 걸음걸이가 뒤에서 보기에는 날아가는 듯했다.

3
마법 배우기

매직 아일랜드

그들은 지쳐 결국 땀까지 흐를 무렵, 계단 끝 공중에 떠 있는 거대한 노란색 돔 앞에 도착했다. 그것은 매우 눈부셨는데, 필리코니스는 여전히 힘겨워하는 것 같았다.

다들 돔 입구까지 가는 방법을 생각해 보는 듯했다. 그때 프랭크가 한심하다는 듯이 말했다.

"이런, 너희들은 우리에게 훌륭한 마녀와 마법사가 있다는 사실을 잊어버렸니?"

"맞아! 마법으로는 식은죽 먹기겠는걸?"

'흥! 잘난 체는 자기 혼자 다 한다니까?'

위시드가 맞장구를 쳐주자 데이피는 속으로 프랭크가 못마땅하다는 듯이 중얼거렸다. 그때 펄키가 웃으며 말했다.

"위시드, 프랭크, 시비어, 내 지팡이에 올라타."

그녀는 지팡이를 눕히더니 마치 빗자루를 타는 듯이 올라타고는 말했다. 이에 질세라 피블도 말했다.

"플럭, 데이피, 필리코니스, 바이올렛, 너희들도 어서!"

모두들 주춤거리며 적당한 위치에 앉았는데, 겁에 질린 나머지 서로를 꼭 붙들고 있었다. 플럭과 시비어는 태연한 척하려고 애썼으나 펄키와 피블이 주문을 걸어 지팡이에 시동이 걸리자, 그들 역시 일그러진 표정을 지으며 다른 아이들과 함께 소리를 질렀다.

"겁낼 것 없잖아? 그냥 놀이기구 타는 기분 으… 어어어어."

몇 번의 흔들림 외엔 별탈 없이 그들이 탄 지팡이는 돔 입구에 다다랐다. 거기에는 우습게도 이런 팻말이 걸려 있었다.

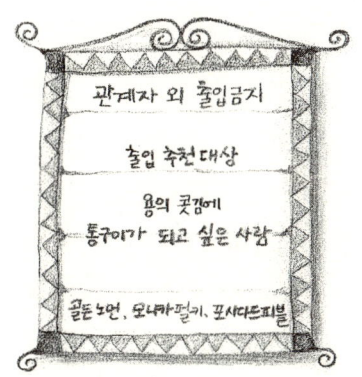

"이게 무슨 소리죠?"

위시드가 호기심에 가득 찬 눈으로 피블에게 물었다. 그는 미소를 지으며 대답했다.

"약간의 겁주기라고 할 수 있지. 신경쓰지 마."

애써 웃음을 지어 보였지만 위시드의 속마음은 영 아니었다.

'정말 섬뜩해.'

위시드가 이런 생각을 하고 있는 동안, 플럭은 데이피에게 살며시 속삭였다.

"왠지 겁주는 게 아닌 것 같은데?"

그들은 짧게 대화를 나누고는 돔의 문을 열어 보았다. 그러나 문은 꿈쩍도 하지 않았다. 당연한 결과였지만, 그들은 매우 놀란 것 같았다.

피블이 그들에게 정중하게 비켜 달라고 한 후 능숙하게 문을 열어 보았다. 몇 개의 주문과 노래 몇 구절이 합쳐지자, 드디어 문이 열렸다. 노래의 내용은 이랬다.

'번쩍번쩍 비늘 달린 용을 건드리지 마세요. 콧김 한 방에 머리끝에서 발끝까지 노릇노릇 익을 테니까요. 하지만 우리는 비팀의 마법사! 두려워할 것 없으니 문을 열어 주세요.'

상당히 정중한 노래였다. 그는 썩 멋지게 노래를 불렀는데, 시비어는 있는 힘껏 박수를 쳤다. 덕분에 그는 꽤 으스대며 모두를 돔 안으로 들여보냈다.

"정말 용이 있는 거 아냐?"

필리코니스가 의심스러운 듯 프랭크에게 물었으나 그는 딱 잘라 대답했다.

"그걸 또 믿니? 단지 겁주기일 뿐이라잖아."

프랭크는 또다시 잘난 척하며 말했으나 필리코니스는 정말 멋지게 참아서 시비어가 어깨를 두드려 주었다.

마법 배우기

그들이 완전히 돔 안으로 들어갔을 때, 눈앞에 보인 것은 번쩍번쩍한 비늘을 가진 용이 아닌 커다란 은막 같은 것이었다.

은막 앞에 기다란 지팡이를 든 노먼이 서 있었는데, 그가 지팡이로 은막을 한번 툭 치자 은막에 글씨가 나타났다. 내용은 여러 가지 주문과 약간의 설명이었는데, 프랭크는 그 내용을 하나도 놓치지 않으려는 듯 가장 열심히 바라보았다.

글씨가 다시 없어지자 프랭크가 노먼에게 한 번 더 보여 줄 것을 요구했는데, 노먼이 다시 지팡이를 들지 않는 걸로 보아 프랭크의 요구를 받아들이지 않은 것 같았다.

하지만 이내 그 은막에 비친 글씨들을 설명해 주었는데, 대부분 7명의 수호인들에게는 생소한 것이어서 이해시키는 데 많은 시간이 필요했다. 그래서 할 수 없이 펄키는 '기초 마법 배우기'라는 책 7권을 만들어 그들에게 나누어 주었는데, 각각 겉표지에 있는 그림이 달랐다.

43

차례차례 넘겨 보니 주문이 빼곡히 적혀 있었다. 그러자 시비어가 갑자기 소리를 냅다 질렀다. 그녀의 목소리는 그곳이 돔이어서 엄청나게 크게 울렸는데, 피블은 매우 못마땅했는지 인상을 쓰고 그녀를 쳐다봤다.

"맙소사! 이걸 외우라고 하진 않겠죠? 머리가 터져 버리고 말 거야!"

"외워야 해."

피블은 다시 표정을 가다듬고 딱 잘라 대답했다. 그 말에 모두들 울상이 되었지만 프랭크만은 들떠 있는 것 같았다.

"이 정도 외우는 건 쉬워요. 전 외우기라면 자신 있죠."

"그래, 다행이구나. 모두들 여기를 보렴."

적당히 대답을 해준 후 펄키는 울상이 되어 있는 아이들을 집중시키려고 노력했다. 모두들 그녀를 쳐다보자, 펄키는 목소리를 잠시 가다듬고 말을 이어 나갔다.

"너희들이 수호하는 보석의 색깔이 각각 다른 것처럼 너희들의 속성도 모두 다르단다. 속성이란 너희들이 쓰는 힘의 종류를 말하는 것인데, 시비어의 속성은 불이란다."

그녀가 시비어의 속성을 알려준 후 잠시 말을 멈추자, 시비어를 제외한 나머지 6명은 모두 그녀의 속성이 너무 잘 들어맞는다며 맞장구를 쳐 잠시 소란스러워졌다. 그러나 펄키가 말을 시작하자, 다시 조용해졌다.

"차례대로 얘기해 주마. 시비어 다음은… 위시드구나. 위시

드는 빛이야. 다음으로 데이피는 동물이고, 플럭은 식물, 프랭
크는 물과 얼음, 필리코니스는 어둠, 물론 나쁜 쪽의 어둠은 아
니야. 마지막으로 바이올렛은 꿈과 최면이야. 그래, 모두 기억
해 뒀겠지?"

　모두들 펄키의 말을 듣고 각자 자기의 속성이 제일 멋지다
며 우겨 대는데, 유독 데이피만이 불평을 해댔다.

　"내 속성이 동물이라구? 내가 동물 같은 힘이 있다는 거야?
내참, 무슨 소린지 알 수가 없네. 딴 애들은 얼마나 멋져? 바이
올렛은 꿈과 최면이랬고, 시비어는 불, 위시드는 빛, 필리코니
스는 남자답게 어둠, 플럭은 식물, 프랭크는 물과 얼음, 그런데
난 동물이 뭐야? 동물이라니."

　"뭐라고 중얼대니, 데이피?"

　노먼은 투덜대는 데이피에게 물었다. 데이피는 한숨을 한번
내쉬더니 대답했다.

　"솔직히 말하자면……. 제 속성이 마음에 들지 않아서요."

　"네 속성이 뭔데?"

　"동물요."

　"멋진걸! 넌 정말 멋진 속성을 가진 거야. 동물은 정말 멋진
속성이지. 연습만 잘한다면 동물과 말도 할 수 있단다."

　동물과 말을 할 수 있다는 말에 데이피의 표정이 매우 밝아
졌다. 그는 껑충껑충 뛰면서 약간 쉰소리가 섞인 높은 목소리
로 노먼에게 질문했다.

"그렇다면 토끼나 햄스터와도 말을 할 수 있단 말인가요? 야호! 신난다!"

"그 밖에도 매우 흥미로운 것이 많아. 책을 유심히 살펴 보거라."

노먼은 그렇게 말하며 데이피의 어깨를 두드린 후 펄키와 피블이 대화를 나누고 있는 쪽으로 다가갔다. 데이피는 아까의 우울한 기분은 싹 가셨는지 나머지 아이들이 서로 자랑을 하고 있는 쪽으로 다가가 대화에 끼어들었다.

"너희들은 동물의 속성이 얼마나 놀라운지 모를 거야."

데이피가 뽐내면서 느릿느릿 말을 하자, 위시드가 따지듯 물었다.

"어떤 자랑거리가 있는데?"

데이피는 한번 미소를 지어 보이더니 다시 느릿느릿 말을 이었다.

"너희들… 동물하고 얘기해 봤니? 지렁이하고라도 말해 본 적 있어? 난 동물과 말을 할 수 있는 속성을 가졌대."

데이피의 말을 듣고 프랭크가 소리쳤다.

"와 - 정말 좋겠다. 어떤 동물하고도 가능한 거야?"

"물론이지."

데이피의 자신에 찬 대답에 시비어가 눈이 동그래져 말했다.

"대단하구나! 동물과 말을 할 수 있다니!"

플럭도 이어서 말했다.

"데이피! 네가 너무 부럽다. 난 고작 식물한테 명령하거나 약초나 독초를 사용하는 것뿐인데……."

모두의 감탄과 부러움의 눈길에 으쓱해진 데이피는 옆에 있는 필리코니스에게 넌지시 물었다.

"필리코니스, 네 속성에 대해 자세히 설명 좀 해줄래?"

그는 잠시 책을 뒤지더니 책에서 눈길을 떼지 않고 읽어내려 갔다.

"음, 일시적인 어둠을 만들 수 있고 들뜬 기분을 가라앉힐 수 있는 능력도 가지고 있어. 또 악한 어둠에 맞설 수 있는 선한 어둠의 힘을 가질 수도 있지. 그리고 여기 써 있는 마지막 말엔 이뿐만 아니라 훌륭한 어둠의 마법사가 되면 그 밖에도 여러 가지를 할 수 있대. 어떤 것들인지는 모르겠지만."

모두들 필리코니스의 속성도 대단한 힘을 가지고 있다고 생각했다. 그래도 그들은 역시 자신의 속성이 제일이란 생각을 버리지 않았는데, 실제로 그들의 속성은 막상막하였으므로 어느 누구의 것이 뛰어나다고 할 수 없었다.

그들이 그렇게 책을 살펴보며 시간을 보내고 있을 때 한쪽 구석에서 은밀히 얘기를 나누고 있던 세 마법사가 다가와 그들에게 말했다.

"모두들 따라오렴. 이제부터 마법 수업을 받아야 하니까."

"수, 수업이라뇨? 여기까지 와서도 공부를 해야 하나요?"

플럭이 매우 놀랐는지 말까지 더듬으며 말했다.

"아무리 선택받은 수호인이라고 하지만, 기초적인 마법과 주문은 숙지해 두고 있어야 해."

펄키의 대답에 모두들 실망하는 눈치였으나 프랭크만은 흥미로워하는 것 같았다. 펄키는 더 이상 지체하면 안 되겠다는 생각에 빠른 걸음으로 그들을 인솔하여 돔 내부 깊숙이 위치한 방으로 들어갔다.

그 방도 돔 형식으로 되어 있었는데, 매우 커서 아까와 마찬가지로 말소리가 울렸다. 안에서는 피블과 노먼이 대기하고 있었는데 그들의 손에는 여러 가지 물건이 들려 있었다.

노먼의 손에는 여러 가지 식물과 함께 포유류도 아니고 조류도 아닌 이상하게 생긴 동물과 커다란 보석이 하나 들려 있었다.

그 옆의 피블의 손에는 커다란 물병과 함께 몸을 웅크리고 있는 까만 동물이 들려 있었는데, 그들은 듣지도 보지도 못한 것들이었다.

가장 눈길을 끈 것은 날개 달린 동물이었는데, 그것이 발버둥을 치는 바람에 노먼은 무척이나 애를 먹었다.

호기심 많은 위시드가 또다시 노먼에게 질문을 했으나 그는 날개에서 깃털이 날려 대답을 할 수 없었다. 하지만 끈질기게 묻자, 그는 결국 입에 들어간 깃털 두 개를 뱉어낸 후 대답해 주었다.

"이름은 비기윙즈야. 이 녀석은 태어난 지 얼마 되지 않은 새끼지. 하지만 다 자란 비기윙즈는 웬만한 익룡보다도 커서 몇 명씩 타고 다녀도 좋단다. 이 녀석을 자가용으로 삼은 사람들이 수백 년 전엔 엄청 많았지만 뼈대 있는 마법사 가문 중 한 사람이 술을 마시고 타다가 떨어져서 사망한 후로는 금지되었어. 사실 이 녀석을 타면 약간 멀미가 나기도 해."

"멋지네요."

필리코니스가 빈말이 아닌 진심으로 말했다. 노먼은 버둥대는 비기윙즈를 들기가 힘겨운 듯했지만 웃음을 지어 보였다. 반면 아무도 자기가 들고 있는 동물에게 관심을 가져 주지 않자, 피블이 시큰둥하게 말했다.

"위험한 돌연변이 동물일 뿐이야."

그의 말에 피블도 동물을 가지고 있다는 걸 알아차린 플럭이 재빨리 그에게 물었다.

"와— 굉장히 검네요. 이름이 뭐예요?"

"고글리야. 이름이 좀 험악하지? 하지만 이름과는 달리 매우 귀여운 데가 있어. 웬만해선 잘 깨어나지 않는데, 한번 깨어나면 또 몇 달간 잠들지 않지. 약간 골치 아프긴 해도 귀여워서 관상용으론 그만이야. 한번 만져 볼래?"

피블의 제안을 바이올렛이 받아들였다. 그녀는 고글리를 매우 마음에 들어하는 듯했는데, 가까이 가서 자세히 보고는 너무 귀엽다며 난리를 쳤다.

"이 까만 털 좀 봐. 어머, 이빨이 꼭 토끼 이빨 같아!"

49

피블은 흡족해하며 말했다.

"이놈을 네가 좋아할 줄 알았다."

"한번 만져 볼게요."

말을 마치자마자 바로 그녀는 겁도 없이 잠들어 있는 그 귀여운 생물을 살짝 만졌는데, 이내 행복한 표정으로 소리를 질렀다.

"어머! 너무 부드러워."

그녀의 행복한 비명에 위시드와 시비어도 갑자기 만지고 싶은 생각이 들었다. 둘은 서서히 고글리에게로 다가갔는데, 피블이 가까이 오는 걸 막았다.

"한 명이면 족해. 이 녀석은 깨어나면 난폭해지니까."

난폭해진다는 말에 흠칫 놀란 둘은 뒤로 다시 물러났다. 프랭크가 또 질문했다.

"우리의 훈련과 이것들이 무슨 상관이 있죠?"

"방금 그걸 말하려던 참이었어. 이것들을 바닥에 내려놓을 테니 내가 가져가라는 데로 가져가렴."

그렇게 말하며 피블은 손에 들려 있던 커다란 물병과 고글리를 내려놓았다. 그때 노먼이 당황해하며 피블에게 외쳤다.

"비기윙즈는 내려놓을 수가 없소!"

피블은 그 사실을 깜빡 잊었다는 듯 그에게 직접 전해 주라고 말했으나 노먼은 대답을 하지 않았다. 왜냐하면 데이피가 비기윙즈를 단숨에 길들이리라는 자신이 없었기 때문이었다.

그래서 그는 펄키에게 도움을 요청했다.

"펄키, 비기윙즈를 잠깐 잠재워 주시오."

펄키는 흔쾌히 주문을 외웠으나 속으로 중얼거렸다.

'재우는 것은 항상 내 몫이라니까!'

비기윙즈가 잠들자 노먼은 이제야 살았다는 듯 한숨을 내쉬더니 데이피를 불렀다. 데이피는 자기의 몫이 비기윙즈라는 것을 알아차리고는 매우 겁에 질려 그에게 다가갔다.

"이걸로 뭘 하라는 거죠?"

노먼은 입에 들어간 깃털을 다시 뱉은 후 비기윙즈를 그에게 전해 주며 말했다.

"이걸 타고 한 바퀴 도는 거야."

이 말에 데이피는 기절할 듯 놀랐는데, 플럭도 놀라며 그의 불행을 위로해 주었다.

"오, 데이피! 어쩌면 좋아. 하지만 난 더 끔찍해. 독초와 약초를 구분한 후 약을 만들어 비기윙즈에게 먹여야 해. 그 녀석이 죽으면 다 내 책임이라구. 게다가 나는 풀을 손 안 대고 깎을 수 있는 마법도 해야 한단다. 음, 생각해 보니까 비기윙즈를 타는 것보단 낫구나. 미안."

플럭이 이 말을 남기고 총총히 풀들이 있는 쪽으로 걸어가자, 데이피는 더욱 화가 났다.

한편 다른 쪽에선 바이올렛이 고글리를 안고 즐거워하고 있었고 시비어가 보석을 들고 뭐라고 지껄이고 있었는데, 다행히

들리지는 않았다.

"내가 고글리와 함께 훈련을 하게 되다니, 너무 좋아!"

"나는 이 보석의 정체가 궁금해. 나보고 이 보석을 가지고 뭘 하라는 거야?"

각자 자기가 맡은 물건을 가지고 소란스럽게 떠들자, 펄키가 앞으로 나가 조용히 시킨 후 말했다.

"각자 물건을 가졌겠죠? 이제 그걸 가지고 며칠 동안 훈련을 하게 됩니다. 일단 책을 펴고 주문을 익히세요. 저와 피블과 노먼이 1대1 교습을 해줄 겁니다."

그녀는 그렇게 말한 후 시비어를 불렀다. 피블은 위시드를 불렀고, 노먼은 데이피를 불렀다. 나머지 아이들은 의자에 앉아 각자 차례를 기다리고 있었는데, 모두 지루해하지는 않았다.

"시비어, 이 보석은 루비듐이라고 하는데 불이 잘 붙지 않는 보석이야. 너는 이걸 가지고 불을 붙이는 훈련을 해야 하는데, 위험하니까 조심해야 해. 그럼 주문을 외워 보자."

펄키는 그렇게 말하면서 시비어에게 겉표지에 불이 그려진 책의 2페이지를 펴라고 했다. 거기엔 불이 잘 붙지 않는 물체에 불을 붙이는 방법이 나와 있었다.

"참, 너에게 지팡이를 주어야겠구나. 잠깐 기다리렴."

그녀는 시비어의 지팡이를 가지러 어디론가 가더니, 잠시 후에 나타났다. 그녀의 손에는 검은색의 잘 빠진 나무 지팡이와 빨갛고 동그란 보석이 들려 있었다. 자세히 보니 보석이 빨간 것이 아니라 투명한 보석 속에 불길이 이글이글 타오르고 있었다.

"와! 불이 들어 있네요."

"그래, 너의 속성이니까."

그녀는 짧게 대답하고 그 보석을 지팡이의 홈 부분에 끼워 넣고는, 시비어에게 말했다.

"눈을 보석에 갖다 대봐. 네가 이 지팡이의 주인이라는 것은 눈을 보면 알 수 있어."

"그러죠."

시비어는 대답한 후 곧바로 보석에 눈을 갖다 댔다. 타오르는 불길 때문에 눈이 조금은 아팠지만 그녀는 참을성있게 바라보았다.

그렇게 한참을 바라보자 지팡이가 갑자기 공중에 떠오르더니 시비어의 손에 쥐어졌다. 시비어는 매우 놀랐지만, 펄키는 미소를 지으며 말했다.

"이 녀석이 싫다고 하면 바꿔야 했는데, 역시 레인보 크리스털의 안목이 높아."

그녀는 그렇게 말한 후 책을 다시 살펴본 다음, 시비어에게 말했다.

"이 지팡이를 들고 한 번 흔들고 한 번 숙이고 나서, 보석에 집중을 하고 '루비듀모스'라고 외쳐 봐."

그녀의 명령에 시비어는 단숨에 지팡이를 들어 그대로 했는
데, 불이 붙기는커녕 공중에 뜨기만 했다. 펄키는 한숨을 한번
쉬더니 말했다.

"그렇게 빨리 흔들지 말고 루비듐 주위를 원을 그리며 천천
히 - 그리고 숙일 때는 루비듐에 지팡이를 바짝 붙여. 그런 다
음, 루비듐을 바라보며 힘차게 루비듀모스! 해봐."

"다시 해볼게요."

시비어는 이번에는 잘하리라 다짐하고는 천천히 지팡이를
흔들고 루비듐에 바짝 붙인 후 주문을 외웠다. 그러나 주문마
저 천천히 해버려 결국 루비듐이 산산조각 났다. 다행히도 보
석 파편이 튀지는 않았으나 그녀는 매우 놀라 펄키에게 달려
가 도움을 요청했다.

"뭐든지 처음에는 잘되지 않는 법이지."

펄키는 당연하다는 듯이 말하고 자신이 직접 시범을 보였다.

"지팡이를 한번 흔들고, 루비듐에 대고 숙이고, 루비듀모스!"

정말 신기하게도 시비어가 할 때는 붙지 않았던 불이 단숨
에 붙어 활활 타올랐다.

"어때? 연습을 좀더 해야겠지?"

"정말 멋져요! 저도 그렇게 될 때까지 연습 또 연습을 하겠
습니다!"

시비어가 힘찬 목소리로 연습을 다짐하고 있을 때 데이피는
노먼에게 혼이 나고 있었다.

"비기윙즈와 친해지려는 노력이 필요하다고 내가 계속 말했잖아! 더군다나 이 녀석은 지금 잠들어 있어. 만지는 것쯤은 정말 쉬운 일이라구. 어서 다시 해봐."

"하지만 갑자기 깨어나면 어떡해요."

데이피가 울상이 되어 말했다. 그러나 노먼은 데이피의 손을 가져다가 비기윙즈의 부리에 갖다 댔다. 데이피는 떠나가라 소리를 질렀는데, 덕분에 비기윙즈가 잠에서 깰 뻔하여 노먼에게 엄청난 꾸중을 들었다.

"다시 한 번 해볼게요."

데이피는 풀이 죽어 말한 후, 노먼이 가르쳐준 대로 배의 털을 조금씩 만졌다. 비기윙즈가 기분이 좋아졌는지 잠에서 깨어나 노래를 불렀다. 비록 듣기는 거북했으나 데이피는 자신의 성공에 날아갈 듯 기분이 좋아져 노먼과 함께 얼싸안고 껑충껑충 뛰었다.

옆에서는 위시드가 피블과 함께 열심히 번개를 날리고 있었는데, 덕분에 피블의 눈썹이 약간 타서 피블은 위시드에게 좀 조심히 날리라고 충고를 했다. 그러나 위시드는 아무렇지도 않다는 듯이 말했다.

"번개를 날리는 게 이렇게 신날 줄 몰랐어요. 다음부턴 조금 조심해서 날리죠."

"그래, 신나겠지."

그녀는 다시 한 번 지팡이로 번개를 날렸는데, 이번에는 방의 천장에 맞아 구멍이 조금 뚫렸다. 하지만 그녀는 매우 즐거운 듯 계속 번개를 날렸다.

피블은 펄키에게로 가서 말했다.

"위시드는 이제 혼자서 훈련을 해도 될 만큼 숙달됐어요. 정말 레인보 크리스털의 안목이 훌륭한 것 같아요."

"나도 방금 그 생각을 하고 있었어요. 피블, 위시드는 혼자 연습하게 하고 이젠 다른 아이들을 맡으세요."

펄키가 말을 끝내자, 노먼이 다가와 말했다.

"데이피도 비기윙즈와 말을 하고 있소. 놀라운 발전이오. 그럼 나는 필리코니스를 맡을 테니 피블은 프랭크를 맡는 게 어떻겠소?"

"프랭크요? 그앤 너무 똑부러져서 탈이라구요. 골치깨나 아프겠어요."

하지만 피블은 거절하지는 않고 프랭크에게 물병을 들고 오라고 말했다. 프랭크는 물이 가득 담겨 있는 물병이 무거워서 낑낑댔는데, 매우 아슬아슬하긴 했지만 결국 무사히 가지고 왔다.

"이 물병 안의 물을 가지고 무슨 훈련을 할 거죠?"

프랭크가 거친 숨을 몰아쉬며 묻자, 피블이 짧게 대답해 주었다.

"물의 역류."

"역류요? 불가능해요."

"마법으로는 가능해. 간단한 물의 역류쯤은."

"알았어요. 그럼 주문을 외워야 하나요?"

"아니, 우선 지팡이를 가지고 해야 해. 잠깐 기다려."

그도 펄키처럼 어딘가로 가더니 지팡이와 푸른 보석을 가지고 왔다. 그 보석도 역시 투명한 보석 안에 파란 물이 가득 담겨 있었다. 그는 그것을 지팡이에 끼운 후 역시 프랭크에게 보석을 바라볼 것을 요구했다.

프랭크는 흔쾌히 다가가 보석을 바라보았는데, 조금도 움직이질 않자 피블은 약간 놀랐다. 그러나 그의 지팡이도 시비어와 다른 아이들의 지팡이와 마찬가지로 그의 손에 쥐어졌다.

"이번에도 단 한 번에군."

피블의 외침을 무시하고 프랭크는 책을 뒤지며 물의 역류를 찾고 있었다. 그는 곧 찾고 나자, 책에서 눈을 떼지 않고 말했다.

"7장, 물의 역류. 간단한 역류 방법은 초보 마법사도 물과 얼음의 속성을 알면 몇 번의 연습 끝에 성공할 수 있다. 지팡이를 한 번 돌린다. 그리고 지팡이를 물 가까이에서 다섯 번 힘껏 돌린 후 '오르네시아'라고 천천히 한 번 외친다. 그러면 물이 역류하는데, 그때 방심하지 말고 한 번 더 주문을 빠르게 외치면 완벽한 역류를 성공시킬 수 있다. 쉽겠는데요. 한번 해 볼게요."

"그러럼."

피블은 시큰둥하게 대답했지만 프랭크는 매우 열심히 했다.

마지막으로 그가 '오르네시아'를 빠르게 한 번 외치자 물병 안의 물이 갑자기 위로 솟구치더니 빠르게 회전했다. 성공하지 못하리라 생각했던 피블은 매우 놀라 펄키와 노먼에게로 달려갔다. 그의 눈은 엄청 커져 있었고, 목소리 또한 우렁찼다.

"프랭크가 단 한 번에 물을 역류시켰어요!"

"그것 참 대단한 일이군요. 시비어는 지금 3개째 루비듐을 깨먹었답니다. 하지만 플럭은 장난꾸러기이긴 해도, 곧잘 하더 군요. 특히 꼬인 담쟁이 덩굴을 잎을 날려 자르는 마법을 매우 신기해하고 잘한답니다."

"필리코니스는 어둠을 만드는 마법을 매우 잘해요. 장래에 촉망받는 어둠의 마법사가 될 가능성이 엿보이고 있소. 물론 악한 어둠의 마법사가 될 가능성은 전혀 없어요. 천성이 착하 고 남자다운 것 같소."

"노먼, 칭찬이 대단하네요."

펄키가 말했다. 실제로 노먼은 필리코니스가 매우 마음에 든 것 같았다. 피블도 프랭크의 성공에 매우 놀라 그를 상당히 마 음에 들어 하는 눈치였다. 그들은 이야기를 계속 더 나누다가 바이올렛이 남아 있다는 사실을 알아차렸다.

바이올렛의 속성은 상당히 고도의 마력이 필요하다는 사실 을 세 사람 모두 알고 있었으므로 특별히 세 사람 모두 훈련 에 동참하기로 했다.

"바이올렛, 너무 늦어서 미안하다. 다른 아이들은 어느 정도 훈련을 마쳤단다. 음, 시비어는 조금 더 연습이 필요하지만 말이다. 너의 속성은 매우 까다롭고 신비롭기 때문에, 특별히 우리 셋이 모두 너의 훈련을 도와주려고 한단다. 자, 이리로 따라오렴. 너의 지팡이를 준비했어."

펄키는 바이올렛을 데리고 지팡이가 놓여 있는 쪽으로 다가갔다. 지팡이는 붉은색을 띠고 다리가 3개인 둥근 탁자 위에 놓여 있었는데, 다른 아이들과 마찬가지로 보석이 박혀 있었다. 그 보석은 보라색이었는데, 역시 투명한 보석 속에 보랏빛 연기가 피어오르고 있었다.

피블은 그 지팡이를 집어들고 바이올렛에게 바라보라고 했다. 그녀는 보석 속의 연기가 신기한지 뚫어져라 바라보았다. 그러고 나서 몇 분 지나지 않아 그 지팡이 역시 바이올렛의 손에 저절로 쥐어졌다. 피블은 기뻐 소리쳤다.

"100% 달성!"

"바이올렛, 이제부터 이 지팡이의 주인은 너란다. 앞으로 이 지팡이와 함께 수많은 어려움을 이겨내야 해. 알았지?"

펄키가 그녀의 눈을 똑바로 쳐다보며 말했다. 바이올렛은 알았다는 듯이 고개를 끄덕이며 다시 한 번 지팡이를 바라보았다.

"이제 무슨 일을 해야 하죠?"

"최면, 그리고 환상에 대해서……"

노먼이 대답해 주었다.

"다른 아이들에 비해 독특하네요."

펄키는 바이올렛에게 책의 12페이지를 펴라고 한 후 소리내어 읽으라고 했다.

그녀는 소리내어 크게 읽었는데, 13페이지까지 쉬지 않고 읽으려다가 피블의 제지를 받아 멈추었다.

내용은 생물을 잠들게 하는 것에 대한 것이었는데, 바이올렛은 숨도 쉬지 않고 계속 읽어 내려가느라 결국 얼굴이 새빨개져 버렸다. 그녀는 12페이지의 내용을 모두 외우려고 노력하는 것 같았으나, 워낙 내용이 많아 힘들어했다. 그런 그녀에게 피블이 말했다.

"자, 내가 고글리를 깨우는 시범을 한번 해볼게."

그는 고글리를 깨우는 마법을 성공적으로 해서 고글리가 까만 눈을 반짝이며 돌아다니게 되었다. 그는 매우 자랑스러운 듯이 말했다.

"어때? 간단하지? 너도 한번 해봐. 내가 다시 재워 놓을 테니."

그는 다시 고글리를 재우고는 말했다.

"지팡이를 생물에 갖다 댄 후 주문을 두 번."

"크리티피, 크리티피 그 다음엔요?"

"오, 끊지 마. 그리고 더 천천히 해야 돼. 크-리-티-피 이렇게. 그런 다음에 한 번 돌린 후 보석으로 가볍게 치는 거지. 쉬워. 다시 한 번 해보렴."

"크-리-티-피, 크-리-티-피, 한 번 돌린 후 가볍게!"

바이올렛이 피블이 시켜준 그대로 하자, 신기하게도 고글리가 깨어났다. 그녀는 뛸 듯이 기뻐했는데, 고글리도 같이 좋아하는 것처럼 보였다. 바이올렛의 훈련도 끝이 나고, 각자 더 연습에 들어갔다.

"오늘 훈련은 성공적이죠? 지팡이도 주인을 다 찾아가고 말이에요. 시비어의 훈련 내용은 너무 어렵기 때문에 성공을 못하고 있지만, 내일쯤이면 잘할 수 있을 거예요. 루비듐에 불을 붙이는 것을 성공한다면 모든 것에다 불을 붙일 수 있게 되죠. 심지어는 물에다가도……"

펄키가 시비어를 두둔해 주며 말했다. 피블이 대답했다.

"바이올렛과 프랭크, 위시드는 단 한 번에 오늘의 훈련을 다 마쳤어요. 이 속도로 나가다가는 1주일 안에 끝낼 수 있을 것 같아요."

"필리코니스도 내가 웃음 약을 먹었는데 갑자기 우울해지도록 만들어 버렸다오. 껄껄. 솔직히 그렇게 잘할 줄은 몰랐소. 물론 데이피도 어느 정도 비기윙즈와 친해져서 여러 가지 대화를 주고받고 있소. 그래서 내일은 비기윙즈를 타고 바깥에서 한 바퀴 돌아보게 하려고 합니다."

노먼이 말을 마치자마자 그가 서 있는 쪽으로 번쩍이는 빛이 날아와 벽에 꽂혔다. 피블이 험악한 표정으로 위시드를 노려보자, 그녀는 무척 미안해했다.

"그렇게 조심하라고 일렀는데."

피블이 어쩔 수 없다는 듯이 한숨을 내쉬며 말했다. 세 사람은 아이들 쪽으로 다가가 말했다.

"이제 한 번씩 연습한 걸 보여 주겠니?"

"오, 저는 아직 힘들어요. 내일 할게요."

시비어가 말했다.

"그렇게 하렴. 그럼 위시드 나와라."

"저는 저 부엉이 박제의 배에 있는 점에 정확히 번개를 날려 보겠어요."

피블은 이 말을 듣고 매우 걱정되었으나 펄키와 노먼, 그리고 나머지 6명은 기대하는 눈치였다.

"라이츠!"

그녀가 힘있게 외치며 지팡이로 부엉이 박제를 가리키자 번쩍이는 번개가 정확하게 부엉이의 배에 꽂혔다.

부엉이의 배가 연기를 내며 지지직 하는 소리를 내자, 루비듐에 불을 붙이는 연습을 하느라 정신이 없는 시비어를 뺀 나머지 모든 사람이 박수를 치며 환호했다.

"위시드, 잘했다."

피블은 다행이라는 듯 한숨을 한번 쉬더니 손이 화끈화끈해지도록 박수를 열렬히 쳤다. 다음은 데이피 차례였다.

"저는 비기윙즈와 말을 해보겠습니다."

다들 동물과 말하는 것에 호기심이 났는지 눈을 크게 뜨고 데이피와 비기윙즈를 바라보았다. 데이피는 지팡이에 대고 주문을 외웠다.

"애니멀로우!"

주문을 외우자 지팡이에 번쩍 하고 주황색 연기가 피어올랐다. 그는 그 연기에 대고 말을 했다.

"안녕! 비기윙클!"

비기윙클은 그가 비기윙즈에게 지어준 애칭인 것 같았다. 그는 계속 말을 이어 나갔다.

"요즘 건강은 어때?"

그가 이렇게 말하고 연기를 비기윙즈의 부리에 갔다 댔다. 비기윙즈의 부리가 움직이자 사람의 말이 흘러나왔다.

"뭐, 그냥 그렇지. 하지만 요즘 목이 조금 아파."

데이피는 다시 애니멀로우 주문을 외쳐 주황색 연기가 사라지게 한 다음, 비기윙즈를 한번 쓰다듬어 준 후 인사를 했다. 모두들 위시드 때와 같은 커다란 박수를 쳐주었다.

다음은 플키의 차례였다. 그는 펄키에게 가시덤불을 만들어 줄 것을 요청했다. 그녀는 단숨에 가시덤불을 만들어 주었는데, 그 크기가 매우 커서 모두들 질려 버렸다. 그러나 플럭은 간단하다는 듯 미소를 지어 보이더니 지팡이를 들고 가시덤불 앞으로 천천히 다가가 원을 크게 두 번 그린 후 주문을 외쳤다.

"리오그린!"

그러자 지팡이에 있는 초록색 보석에서 날카로운 이파리가 수없이 날아가 가시덤불을 산산조각내 버렸다. 모두들 입이 다 물어지지 않아 한참 동안 멍하니 서 있었다.

"감사합니다."

플럭이 정중하게 인사하자, 모두는 그제야 뜨거운 박수를 보냈다.

다음은 프랭크 차례였다. 프랭크는 노먼에게 인공 파도를 보내 달라고 요청했는데, 노먼은 처음엔 승낙하지 않다가 프랭크의 강력한 요구로 결국 인공 파도를 보내기로 했다. 위시드가 너무 위험하다며 말렸으나 프랭크는 한사코 그녀의 만류를 뿌리쳤다.

결국 거대한 파도가 노먼으로부터 다가왔다. 모두들 겁을 내며 뒷걸음질쳤으나 프랭크는 용감하게도 자기를 집어삼킬 듯이 다가오는 파도 앞에 서서 다섯 번 지팡이를 돌렸다. 그리고 주문을 천천히 한 번, 그리고 빠르게 두 번 외웠다.

그런데 시간이 촉박했다. 지팡이를 돌리는 동안 파도가 그의 머리 꼭대기까지 다가온 것이다. 그는 정신을 집중하여 다시 한 번 주문을 재빠르게 외웠다.

"오-르-네-시-아!"

그러자 파도가 갑자기 뒤로 빠르게 물러갔다. 그가 때를 놓치지 않고 주문을 한 번 더 외우자, 파도가 완벽하게 없어졌다. 노먼이 공중 부양 주문을 외우지 않았더라면 그는 파도에 휩

쓸릴 뻔했다. 어쨌든 훌륭하게 해냈다. 모두들 환호하며 프랭크의 성공을 축하했다.

"대단해, 프랭크! 다음에 다시 한 번 보여 주겠니?"

바이올렛이 감동받은 듯 소리질렀다. 프랭크는 정중하게 인사하며 말했다.

"물론이지."

흥분의 도가니가 된 분위기를 펄키가 진정시킨 후 필리코니스를 앞으로 불렀다. 그녀는 필리코니스가 할 마법을 설명했다.

"필리코니스는 오늘 웃음 약을 먹은 사람의 기분을 우울하게 만드는 마법을 만들게 되었어요. 소개합니다. 필리코니스 브룩!"

그는 멋쩍은 웃음을 지어 보이며 웃음 약을 먹어 줄 도우미를 요청했다. 플럭과 데이피가 서로 하려고 싸우는 통에 필리코니스는 잠시 난처해했는데, 결국 플럭이 하기로 했다. 그는 매우 긴장하고 있는 듯했다.

피블이 플럭을 의자에 앉힌 후 그에게 크라운(소름끼치는 웃음소리를 내는 생물)의 눈물로 만든 웃음 약을 먹였다. 그는 웃음 약을 먹고 잠시 쓰다는 듯 혀를 내밀었는데, 이윽고 의자에서 떨어져 데굴데굴 구르며 웃었다.

"키키키키키ㅡ."

플럭은 참을 수 없이 웃음이 나와 결국 눈물까지 흘리며 웃

있는데, 모두들 걱정이 되어 필리코니스에게 빨리 조치를 취해 줄 것을 부탁했다.

"어서 플럭을 좀 어떻게 해봐."

필리코니스는 쉬지 않고 데굴데굴 구르며 웃는 플럭에게 지 팡이를 갖다댄 후 주문을 외웠다.

"디만토이드!"

그는 이렇게 외친 후 지팡이 머리를 가볍게 세 번 두드렸는 데, 신기하게도 플럭은 웃음을 멈추고 갑자기 축 늘어져서 울 어 댔다.

"너무 슬퍼."

그의 갑작스런 변화에 모두들 기겁을 하며 놀랐다.

"이건 조금 섬뜩한 마법인걸?"

"너무 신기해!"

"멋지다!"

모두들 신기해하며 박수를 쳐주었는데, 그들은 한편으로 플 럭이 걱정되는 눈치였다. 다행히도 노먼이 웃음 약 2분의 1 방 울로 그를 정상으로 되돌려 놓았다.

플럭은 약간 정신이 나간 듯이 보였는데, 금세 기운을 차려 원래의 떠들썩한 모습으로 돌아왔다. 플럭과 필리코니스가 아 이들 쪽으로 돌아오자, 모두들 어깨를 치거나 소리를 지르며 환호했다.

"와우! 언제 그런 걸 배웠어? 멋지다 필!"

　모두들 필리코니스를 '필'로 부르기로 작정했는지 '필'이나 '플릭'이란 말을 계속 외치며 환호했다.

　마지막으로 바이올렛의 차례라는 사실을 피블이 일깨워 주지 않았더라면 그들은 축제 분위기에 젖어 계속 그렇게 마냥 행복해하고 있었을 것이다.

　바이올렛이 앞으로 나가자, 모두들 마지막 주자의 성공을 빌며 박수를 보내 주었다. 그녀는 약간 떨리는 것처럼 보였으나 훌륭하게 고글리를 깨웠다.

　고글리는 잠에서 깨어 나자 사나운 태도를 보였으나 이내 바이올렛임을 알아차리고 그녀에게로 다가가 얼굴에 그 보드라운 까만 털을 부비며 애교를 부렸다. 덕분에 시비어와 위시드는 귀여워서 어쩔 줄 몰라했는데, 그녀들이 고글리를 쓰다듬으려고 돌진하려는 것을 막으려고 세 마법사가 진땀을 빼지 않았다면 고글리는 매우 화가 나 시비어나 위시드의 손을 꽉 물어 버렸을 것이다.

　훈련 발표가 모두 끝나자, 그들은 배가 고프다는 사실을 갑자기 느끼게 되었다. 그래서 모두 식당으로 몰려갔는데, 이상하게도 식당에 요리기구가 하나도 보이지 않았다. 심지어 가스 레인지까지도. 바이올렛이 걱정하자, 피블은 보란 듯이 지팡이를 이용해 진수성찬을 만들었다.

　사과 파이, 커다란 비프와 치킨, 토마토 소스와 크림 소스가 뿌려진 스파게티, 파스타와 함께 각종 젤리, 초콜릿, 모카 에

클리어까지, 모두 눈이 휘둥그레졌는데 특히 플럭과 시비어가 매우 좋아했다. 그들은 손뼉을 치며 군침을 흘렸고, 마치 3일은 굶은 사람들 같았다.

어쨌든 노먼의 마법으로 훌륭한 전등까지 나타나자, 그들은 일제히 소리를 지르며 닥치는 대로 먹기 시작했다. 얼마나 정신없이 먹었는지 모든 음식을 싹 다 비울 때까지 서로 아무 말도 하지 않을 정도였다.

그들이 모든 접시를 깨끗이 비웠을 때는 이미 늦은 저녁이었다. 그들은 한동안 너무 배가 불러 의자에 걸터앉아 아무 말도 하지 않고 있었는데, 펄키가 입을 열었다.

"이제 모두들 자러 가는 게 좋겠어요."

"먹고 바로요?"

데이피가 놀라 물었으나 모두 졸린 상태였으므로 방금 식사를 마쳤긴 해도 그들은 침실로 올라갔다.

여자 방과 남자 방이 있었는데, 딱 붙어 있어서 놀기에는 그만이었다. 하지만 침실로 가는 길은 너무나 복잡해서 잠에서 깨어나 식당으로 다시 내려오려 해도 세 사람의 도움 없이는 길을 찾지 못할 것만 같았다.

"휴 - 길 한번 복잡하다."

플럭이 방문 앞에 도착해 한숨을 몰아쉬며 말했다. 모두들 동의하는 눈치였다.

4
무조건 살아 돌아와야 해!

방문을 열고 들어가자 바로 침대 4개가 보였다. 여자 침실에는 3개의 침대와 거울, 몇 개의 의자와 달랑 옷장 3개가 방을 차지하고 있었다.

남자 침실도 마찬가지였으나 지내는 데 불편할 것 같지는 않았다. 하지만 그들은 아무것도 가지고 온 것이 없었기 때문에 시비어, 위시드, 바이올렛은 펄키의 잠옷을 빌려야 했고, 데이피와 플럭, 프랭크, 필리코니스도 할 수 없이 노먼과 피블에게 잠옷을 빌려야 했다.

약간 크기는 했어도 어느 정도 맞았으므로 그들은 잠옷을 입자마자, 씻지도 않은 채 지쳐 잠이 들었다.

다음 날 아침에는 또 다른 훈련이 기다리고 있었기 때문에 일찍 일어나지 않으면 안 됐으므로 그들은 졸린 눈을 비비며 펄키를 기다렸다. 그녀가 데리러 온다고 했기 때문이었다.

6시가 조금 넘자, 총총히 걸어오는 펄키를 발견할 수 있었다. 그녀는 서둘러야 한다며 그들을 식당으로 데려가 전날의 진수

72

성찬과는 비교도 안 되는 초라한 아침을 먹인 후 노란색 돔으로 다시 안내했다.

펄키가 노래를 부르자 어제와 마찬가지로 문이 열렸다. 그녀의 노래도 수준급이었다. 위시드가 칭찬을 해주자 그녀는 기분이 좋아진 것 같았다. 그녀는 어제의 그 훈련 장소로 다시 그들을 데려갔는데 변함없이 노먼과 피블이 서 있었다.

이번에는 다른 물건이 그들의 손에 들려 있었는데, 매우 다양해서 자세히 알 수가 없었다. 그들은 곧바로 훈련에 들어갔다.

"오늘은 바이올렛부터 할 거야."

펄키는 바이올렛을 불렀다. 그리고는 그녀에게 환상을 없애는 방법을 가르쳐 주었는데, 그녀는 열중하며 배워 결국 30분 만에 피블이 괴상한 옷을 입고 노먼과 함께 웃고 있는 환상을 없애는 데 성공했다.

그녀는 환상 없애기에 맛을 들였는지 계속해서 환상을 요구했으나 펄키는 직접 만들어 주는 대신 그녀가 직접 환상을 만들도록 가르쳐 주었다. 그래서 바이올렛은 구석에서 환상을 만들고, 다시 없애는 작업에 열중했는데, 점점 환상의 모습이 우스꽝스러워져 결국 지켜보던 데이피와 플럭이 웃음을 터뜨리고 말았다.

필리코니스와 프랭크는 어제 배운 것을 복습한 후 각각 한순간에 어둠을 만드는 법과 물방울 만드는 법을 배웠는데 곧잘 성공했다. 프랭크가 거의 작은 파도에 가까운 것을 만들자,

피블은 너무 기뻐하며 그를 칭찬했다. 그는 프랭크가 그렇게 빨리 훈련을 습득한다는 것에 대해 매우 자랑스러워했다.

위시드는 오늘 어둠을 없애는 마법을 배웠는데, 그녀도 역시 계속 성공을 했다. 시비어도 매우 큰 발전이 있었다. 그녀는 어제까지만 해도 꿈쩍도 하지 않거나 산산조각이 돼버렸던 루비듐을 불꽃이 튀게까지 만들었는데, 이것은 모두 그녀의 끊임없는 연습과 노력의 결실이란 것을 펄키는 잘 알기 때문에 그녀를 매우 칭찬했다.

플럭은 이제 거의 모든 훈련을 마쳤는데, 마지막 훈련이 남아 있어 노먼에게 가르침을 받는 중이었고, 데이피는 피블을 따라 비기윙즈와 함께 밖으로 나갔다.

피블은 데이피에게 비기윙즈를 타고 마당을 한 바퀴 돌아보라고 시켰는데, 데이피는 비기윙즈와 매우 친해진 상태였으므로 무리 없이 한 바퀴 돈 후 부드럽게 착지를 해서 만족스러운 표정을 지었다.

피블은 그가 5바퀴 정도 더 도는 것을 보고 나서 그를 데리고 다시 훈련 장소로 돌아왔는데, 그곳에서는 시비어가 다시 한 번 성공을 했는지 모두들 그녀를 축하하고 있었다.

"시비어, 잘했다!"

"이렇게 될 줄 알았다니까."

"그래, 조금만 더 연습하면 좀더 능숙하게 불을 붙일 수 있을 거야."

펄키는 그렇게 격려하고 나서 프랭크에게 불꽃을 끄라고 시켰다. 프랭크는 조금 전에 배웠던 물방울 만드는 주문을 외워 불을 껐다.

"키바팅카!"

그의 주문을 들은 플러이 데이피에게 속삭였다.

"무슨 아프리카 말 같지 않니?"

그들은 키득키득 웃더니 다시 원래대로 돌아와 시치미를 뚝 떼고 프랭크에게 박수를 보냈다.

"너희들이 이렇게 훈련을 능숙하게 잘 받으니 정말 다행이다."

펄키가 말했다. 피블도 거들었다.

"그러게요. 아까 데이피는 비기윙즈를 타고 한 다섯 바퀴는 돌았을 거예요. 성공적으로요."

"정확히 말하면 여섯 바퀴예요."

데이피가 의기양양하게 고쳐 주었다. 그 말에 노먼과 펄키가 매우 놀라는 표정을 지었다.

"아니, 비기윙즈를 타는 일은 어린아이가 하기에는 힘든 일인데……."

노먼이 걱정스럽게 말했다.

"전 이제 14살이에요. 문제없죠. 이제 어린아이가 아니라구요."

데이피가 팔짱을 끼며 자신감에 차서 말하자, 피블이 갑자기

75

끼어들어 말했다.

"그러고 보니 우리가 너희들의 나이를 모르고 있구나!"

그의 말에 위시드가 가장 먼저 대답했다.

"전 14살이에요! 데이피와 같죠."

이어서 시비어도 말했다.

"저는 위시드와 동갑이에요."

"전 당연히 데이피와 동갑이죠."

플럭이 당연하다는 듯이 말했다. 이어서 필리코니스와 프랭크가 말했다.

"우린 15살이에요."

바이올렛이 이어서 말했다.

"전 13살이에요. 제일 어리죠."

플럭, 데이피, 위시드, 시비어 이렇게 4명은 모두 14살로 동갑이었고, 필리코니스와 프랭크는 15살이었으며, 바이올렛은 제일 어린 13살이었다. 하지만 그들은 꼭 친구처럼 가깝게 지냈으므로 나이는 별로 신경쓰지 않는 것 같았다.

"그래, 나도 필리코니스가 가장 나이가 많을 것이라고는 짐작했어. 물론 가장 점잖았다는 거야."

펄키는 필리코니스가 늙어 보인다는 뜻으로 오해하지 않게 하기 위해서 애써서 말했다. 하지만 필리코니스는 이미 자기가 그렇게 늙어 보이느냐며 옆에 있는 데이피와 플럭, 프랭크에게 물어 보았으므로 펄키는 매우 난처해했다.

하루의 훈련이 모두 끝나자, 세 마법사는 훈련 결과에 대해 매우 만족스러워했다.

"모두 완벽하게 해내고 있어서 정말 기뻐요."

"내일 모레 정도면 보낼 수 있을 것 같지 않습니까?"

"글쎄요, 좀더 열심히 한다면 가능한 일이죠."

세 사람은 그렇게 대화를 나눈 후, 그들에게 점심을 차려 주고 나서 방으로 데려다주었다. 방에 들어가자마자 필리코니스가 데이피, 플럭, 프랭크에게 제안을 했다.

"여자애들을 방으로 불러서 의논을 좀 해보는 게 어때?"

"의논이라니?"

데이피가 물었다.

"앞으로 우리가 해야 할 일 같은 거?"

프랭크가 묻자 필리코니스는 고개를 끄덕였다. 그들은 시비어와 위시드, 바이올렛을 불러 각각 의자에 앉게 하고는 의논을 했다.

"우리는 이제 훈련을 거의 마쳤어."

시비어가 말했다.

"알고 있어. 하지만 더 중요한 건 앞으로의 계획이야."

프랭크가 그녀에게 짤막하게 대답한 후 모두에게 호소하듯이 말했다.

"우리가 앞으로 어떻게 킥워드란 자가 있는 곳까지 가서 그를 물리칠 수 있는지 펄키에게 물어 봐야겠어."

77

필리코니스는 그렇게 말하고 나서 아이들에게 의사를 물었다. 모두 동의하자, 그들은 세 사람을 찾아가기로 했다. 생각했던 것과는 달리 가는 길이 매우 복잡했다.

올 때의 기억을 더듬어 가다 보면 나올 것이라고 생각했던 아이들은 막상 길이 나오지 않자, 당황스러워했다. 하지만 프랭크가 그들의 회의실로 통하는 계단 옆에 걸려 있는 초상화를 기억해 내서 회의실까지 무사히 도착할 수 있었다.

"내가 노크할게."

"똑똑."

필리코니스가 노크를 하자, 안에서 펄키가 높은 목소리로 말했다.

"들어오렴!"

그들은 우르르 회의실 안으로 들어갔다. 안에는 펄키와 피블, 노먼이 모두 있었는데, 그들은 각자 코코아와 커피, 홍차를 마시고 있었다. 펄키가 컵에 코를 처박다시피하고 커피를 마시다가 그들에게 물었다.

"무슨 일이야?"

"물어볼 게 있어서요."

필리코니스가 말하자 노먼이 물었다.

"뭘 물어 보려고 하는데?"

"앞으로 저희가 어떻게 해야 할지요. 음— 구체적으로 말하자면 킥워드란 자가 어디에 있는지, 그리고 어떻게 킥워드에게 가서 그를 물리쳐야 하는지, 대충 이렇죠."

플럭이 끼어들어 말했다. 덕분에 세 마법사는 매우 놀랐는지 눈이 동그래졌다. 한참 정적이 흐른 후, 펄키가 입을 열었다.

"그래, 설명해 줄게. 차근차근 설명해 줄게."

그녀는 말한 대로 정말 차근차근 설명해 주었다.

"킥워드는 지금 카네트 산 꼭대기의 블랙이란 보석에 봉인되어 있어. 너희들은 이제 며칠 후에 그 산으로 떠나야 해. 하지만 킥워드란 자는 그렇게 호락호락하게 무너질 존재가 아니야. 그는 블랙에 갇히면서 일곱 개의 *옵스트러*라는 장애물을 만들었는데, 너희들은 그 일곱 개의 옵스트러를 지나서 그 자에게 가야 해."

"옵스트러가 자세히 어떤 건가요?"

바이올렛이 물었다. 그녀의 질문에 노먼이 친절하게 대답해 주었다.

"우리도 잘 모르지만, 어쨌든 아무리 훌륭한 마법사라도 절대 킥워드에게까지는 접근할 수 없도록 만들어 놓은 엄청난 장애물이란다."

"그런데 저희같은 초보에다가 어리고, 게다가 마법을 시작한 지 이틀밖에 되지 않은 애들이 어떻게 그 무서운 옵스트러를 통과해서 그 자에게 갈 수 있다고 생각하시죠?"

위시드가 믿을 수 없다는 듯이 말했다. 피블이 대신 말해 주었다.

"선택받았으니까. 이유는 그것뿐이야. 레인보 크리스털의 힘은 킥워드도 우습게 볼 수 없기 때문이지. 그만큼 레인보 크리스털에게 선택받은 수호인의 힘이 엄청나다는 거야."

"이제 알았어요. 모두 알고 나니 마음이 편하네요. 그럼 저희는 그 동안 열심히 배운 것을 복습할게요."

"그래."

펄키가 대답하자 그들은 이제 편안한 마음으로 발길을 돌렸다. 돌아가는 데에는 또다시 프랭크의 공이 컸다.

"옵스트러가 과연 어떤 것일지 너무 궁금하다."

"확실한 건 매우 위험하다는 거야."

"그래. 왜냐하면 노먼이나 펄키, 피블 같은 훌륭하신 분들도 두려워하는 걸 보면 말이야."

"우리는 이제 레인보 크리스털만 믿으면 되는 거야."

위시드, 시비어, 바이올렛은 그렇게 말을 주고받으며 저녁을 먹으러 내려갔다. 가는 도중에 남자 일행을 만나 식당에 함께 도착했다.

저녁을 대충 먹고는 다시 훈련에 임했는데, 아까 세 마법사의 설명을 들은 뒤로 더욱 열심히 하는 것 같았다.

"정말 잘하죠?"

펄키가 흐뭇해하며 말했다.

"물론이죠. 선택받은 수호인들이니 당연히 잘해야죠."

피블이 대답하자 노먼도 맞장구를 쳐주었다. 그들은 열심히 훈련하는 모습이 대견했는지, 맛있는 젤리와 과자를 훈련 도중에 만들어 주었는데, 그들은 그것마저도 잠깐 집어먹은 후 계속 훈련에 몰입해서 세 사람의 기를 죽게 만들었다.

"이렇게 맛있는 과자도 뿌리치다니!"

피블이 설탕가루가 뿌려진 부드러운 비스킷을 입에 넣고 우물거리며 말하자 펄키가 웃음을 터뜨렸다.

"저것 좀 보세요."

펄키가 피블과 노먼에게 시비어를 가리키며 말했다.

시비어는 루비듐에다 매우 커다란 불을 붙이는 데 성공을 해 프랭크가 커다란 물줄기를 만들어 끄게 해주었다.

그들의 훈련은 이제 거의 끝나 가는 듯했다.

세 사람은 그들에게 다가가 이제 조금 쉬라고 했으나 그들은 막무가내로 연습을 강행했다. 그래서 그들이 연습을 끝낼 즈음에는 노먼은 배가 고파 피블과 함께 저녁을 먹고 있었고, 펄키는 낮잠을 자다가 겨우 깨어나 있었다.

그들의 자신 있는 표정을 봐서는 완벽하게 책에 나와 있는 내용을 외운 것처럼 보였는데, 하나하나 시켜 보지 않아도 느낌이 와 닿았다.

세 마법사는 또다시 뭔가 구석에서 조용히 의논을 했다. 그러는 동안에도 수호인들은 그들을 상관하지 않고 서로의 마법을 보여 주며 열심을 다해 훈련에 임했다.

시비어가 루비듐 7개에 불을 연속으로 붙여 자랑스러워하고 있을 때였다. 구석에서 의논하던 노먼과 피블, 펄키가 다가와 그들에게 말했다.

"내일 떠나려무나."

간단하게 펄키가 말하자, 모두 자신에 찬 표정으로 대답했다.

"네! 꼭 이기고 돌아오겠어요!"

그들은 자신있게 대답은 했으나 조금은 두렵기도 했다. 특히 바이올렛은 방에까지 고글리를 데리고 가 연습을 하다가 시비어와 위시드에게 걱정스럽게 물었다.

"조금 이른 것 아닐까? 아직 난 더 많은 최면 효과를 배우지 못했는걸."

"차차 알게 되겠지, 나도 아직 부족한 게 많아. 하지만 우리가 함께라면 무서운 일은 없을 거야."

시비어가 주머니 속에 있던 레드를 꺼내며 말했다. 위시드도 베개 밑에 숨겨 두었던 옐로를 꺼내 보며 말했다.

"우리를 선택한 이 보석이 도와줄 거야."

"그래……. 우리는 해낼 수 있어."

시비어와 위시드의 격려에 바이올렛도 웃으며 잠이 들었다.

다음날 아침, 그들은 설레는 마음으로 세 마법사 앞에 모였는데, 하나같이 얼굴엔 자신감에 차 있었다. 간간이 긴장된 모습을 보이기도 했지만, 여느 때와 다름없이 떠들썩한 분위기로 비팀을 빠져나갔다.

세 마법사는 그들에게 격려를 해준 후 걱정스런 눈빛으로

그들을 떠나 보냈는데, 특히 펄키가 가장 걱정을 많이 했다.

"지도를 잃어버리면 안 돼. 지팡이도 마찬가지야. 그리고 갑자기 주문이 생각나지 않으면 꼭 책을 보도록 해. 또 모르는 생물을 만나면 데이피가 즉시 주문을 외워 알아보고. 잊지 마. 그럼 잘 다녀오거라!"

"가다 보면 여러 마을에 들르게 될 거야. 거기서 숙식을 제공해 줄 테니 꼭 고맙다는 인사를 드리렴. 특히 크레용 마을의 촌장은 나와 친하니까 며칠 동안 너희를 잘 보살펴 줄 거야."

"무조건 살아 돌아와야 해!"

펄키와 노먼이 그들에게 이런저런 잔소리를 하자, 피블이 마지막으로 방정맞은 끝인사를 했다. 하지만 그들이 너무 걱정되어 털어놓은 말이라는 것을 펄키와 노먼은 잘 알기 때문에 더이상 뭐라고 하지는 않았다.

세 마법사들과는 대조적으로 7명의 수호인들은 매우 씩씩하게 나섰다. 그들의 옆으로 메는 튼튼한 용 비늘 가방 속에선 각자의 수호 보석이 반짝이고 있었는데, 모두 마음속으로 그 보석을 믿고 의지하는 것 같았다.

나이가 제일 많은 프랭크와 필리코니스가 앞장섰는데, 그들은 펄키가 특수하게 만든 지도를 가지고 있었다. 7명이 지금 어디에 있는지 알려주는 지도였는데, 각자의 수호 보석의 색깔이 이름 위에 점으로 찍혀 있었다.

5
크레용들의 마을 크레용

크레용까지 1KM

필리코니스는 모두 있다는 것을 다시 한 번 확인하고 어두워지기 전에 도착해야 하는 크레용들의 마을인 *크레용*에 가기 위해 걸음을 빨리 걸었다.

중간에 바이올렛과 위시드가 지쳐 잠시 멈춘 것을 빼고는 쉬지 않고 산길을 걸었는데, 그 길이 그 길 같아 지도가 없었으면 정말 큰일날 뻔했다는 생각을 모두가 하게 되었다.

"이제 조금만 더 가면 크레용에 도착해. 힘을 내자구."

필리코니스가 말했다. 그 말에 모두들 힘이 나는지 발걸음이 빨라졌다.

조금 더 걷자, '크레용까지 1KM'란 반가운 푯말이 보였고, 정말 얼마 걸어가지 않는데 멀리 불빛 여러 개가 보였다. 그 불빛의 정체는 크레용에서 비팀의 세 마법사들의 연락을 받고 나온 청년들의 전등 빛이었는데 그들은 매우 상기된 표정으로 수호인들을 맞았다.

"반가워요. 만나서 영광입니다. 그 자를 물리치러 가시는 수호인들이시라면서요? 저희 마을에 묵고 가시는 일에 대해서 저희 크레용들은 매우 영광으로 생각합니다."

몸둘 바를 몰라하는 그들은 왜 크레용이라고 부르는지 의문이 갈 정도로 너무나 사람과 비슷했다. 그들은 각각 다른 색깔의 모자를 쓰고 있었는데, 위시드는 그것이 너무나 궁금해서 꼭 물어 보리라 다짐을 하고 마을로 들어갔다.

마을에서는 '환영'이라는 모양으로 반딧불 같은 생물이 글자를 공중에 만들고 있었고, 마을 사람들은 무슨 대통령 행차라도 하는 듯 양쪽으로 죽 늘어서서 그들을 맞이했다. 그들도 마중나왔던 청년들과 마찬가지로 제각기 다른 색깔의 모자를 쓰고 있었다.

금색 모자를 쓴 마을 촌장이 나와 그들에게 말을 걸려고 할 때, 위시드는 이때다 하고 질문을 했다.

"저, 왜 당신들을 크레용이라고 하죠?"

그는 너털웃음을 터뜨리더니 이야기를 시작했다.

"지금으로부터 5천 년 전에 그러니까 매직 아일랜드가 만들어질 당시에 이곳에는 마력이 있는 생물들과 사람들만이 살고 있었습니다.

그때는 마법사나 마녀가 쓰던 사물들도 마력을 가지고 있었는데, 그 중 매직 아일랜드의 최고의 힘을 가졌던 올 딥딜버가 애용하던 크레용은 엄청난 마력을 가지고 있어서 웬만한 마법사도 이길 수 있을 정도가 되어 그들끼리 독립을 해서 마을을 꾸려 나갔습니다.

휴— 그때는 혼란이었어요. 각자 마법으로 서로를 죽이려고 만 드니, 보다 못한 마법사와 마녀들이 그들의 마력을 빼앗고 사람과 비슷하게 만들어 주었습니다. 물론 완전한 사람은 아니 었지요. 피부에 희미하게 띠는 색깔들이 크레용족이라는 것을 알아챌 수 있었습니다.

하지만 점점 오랜 세월이 흐르면서 우리는 사람과 똑같은 모습을 하게 되었습니다. 그래서 우리는 각자의 전해 내려오는 색깔대로 모자를 써서 마녀와 마법사들과 구분이 가도록 한 것입니다. 재미있는 역사죠?'

촌장은 길게 크레용족의 역사를 알려 주었다. 모두들 흥미롭 다는 듯 고개를 끄덕였다.

"그런데… 5년 전부터 다시 암흑기가 시작되었습니다. 그러 니까 크레용 마을 초창기 시절과 비슷한 때였죠. 킥워드란 자 가 어둠의 무리를 이끌고 우리뿐만 아니라 매직 아일랜드 전 체를 쑥대밭으로 만들어 놓았습니다. 덕분에 우리 크레용족의 2분의 1이 전사하고 말았습니다."

주름살이 깊게 패인 그의 두 눈에 눈물이 반짝이고 있었고 꼭 쥔 주먹은 증오로 부들부들 떨고 있었다. 프랭크가 그의 말 을 듣고 무거운 분위기를 깨듯 말했다.

"저희도 비팀의 마법사들께 들었습니다. 정말 무시무시한 시 기였다고 하더군요. 하지만 저희는 이길 자신이 있습니다. 꼭 킥워드를 저희가 완전히 없애 버리겠어요."

"맞아요! 자신 있어요!"

시비어까지 힘차게 거들자, 촌장의 얼굴이 환해지며 그들을 존경에 찬 눈빛으로 우러러보며 말했다.

"정말 대단하신 분들이에요. 저희 크레용들은 믿습니다. 레인보 크리스털의 힘과 여러분을요. 그러고 보니 제 소개를 하지 않았군요. 저는 골드 1이라고 합니다. 골드 가의 장남이죠. 그리고 크레용의 촌장입니다."

그의 말을 듣고 자세히 그를 살펴보니 그의 모자에는 1이라는 조그만 빨간색 글씨가 쓰여 있었다. 1이라는 뜻은 장남을 뜻하는 것 같았다. 위시드가 다시 질문했다.

"저희는 이제 어디서 자야 하나요?"

골드 1은 대답 대신 그들을 으리으리한 무지개 빛 벽돌집으로 데려다주었다. 그는 집을 가리키며 자랑스럽게 말했다.

"이 집은 우리 크레용들이 여러분의 편안한 숙식을 위해 며칠 동안 밤낮을 가리지 않고 땀흘려 만든 것입니다. 부디 편안히 주무시고 가시길 바랍니다."

그는 말을 마치고 정중하게 인사를 한 후, 옆에 있던 하인을 시켜 집 안으로 그들을 안내하도록 했다. 하인은 갈색 모자를 쓰고 있었는데, 그는 브라운 3이라고 했다.

"하인이나 하녀들은 갈색 모자를 쓰고 있고, 브라운이라고 불립니다."

그는 그렇게 소개한 뒤 여자 방과 남자 방을 각각 따로 구분해서 안내했다. 방의 내부는 비팀과는 너무도 차이가 났다. 여자들의 방에는 눈이 휘둥그레질 정도의 공주풍 침대와 화장대, 눈부신 바닥과 한 벽면을 가득 차지하고 있는 거울까지 정말 요모조모 그들의 마음에 쏙 드는 방이었다.

남자 방도 마찬가지였다. 플럭과 데이피는 커다란 침대 위로 올라가 쿵쾅쿵쾅 뛰면서 즐거워했는데, 프랭크와 필리코니스는 옷장 속에 있는 어두운 색깔의 새옷들을 가장 마음에 들어했다.

그들은 산길을 걸어오느라 너무 피곤했기 때문에 갈색 모자를 쓴 하녀 두 명이 가져온 맛있는 과일과 과자, 훌륭한 요리를 몇 번 집어먹다가 잠이 들었다.

다음날 아침, 골드 1 촌장은 낮 11시쯤에 그들을 찾아왔다.

"오늘은 저희 크레용들이 일하는 모습을 보여 드리겠습니다."

골드는 꽤나 자신이 있는 듯했다. 그는 커다란 크레용 모양의 차를 끌고 와서 그들을 태웠는데, 여자아이들은 푹신한 의자가 마음에 들었는지 그 차를 크게 칭찬했다.

"크레용 공장과 크레용 농장에 들르실 텐데요, 일하는 크레용들을 격려해 주시면 감사하겠습니다."

자신들을 무슨 유명인사처럼 여기고 깍듯이 대하는 골드의 태도에 그들은 매우 흡족해했다. 한편 플럭은 자신이 공장을 지나갈 때 어떤 포즈를 취하고 무슨 말을 해야 할지 데이피와 함께 의논을 했는데, 그들은 결국 손을 천천히 흔들어 주면서 미소를 지어 보이는 것으로 결정을 내렸다.

아무렇지도 않은 척하던 바이올렛과 시비어, 위시드도 나름대로 우아하게 보이려는 생각을 품고 속으로 연습을 해보았다. 그러나 공장에 도착했을 때는 단연 필리코니스가 가장 점잖은 포즈를 취했다. 프랭크마저도 고개를 끄덕이며 '수고들 많으십니다'라고 마음에도 없는 말을 던졌기 때문에 점잖게 인사만 했던 필리코니스와는 대조를 이루었다.

공장에 도착하니 크레용들이 바글바글하게 모여 있었다. 그들의 모자 색깔의 수가 엄청나서 마치 꽃밭에 온 듯했는데, 그들 중에서는 너무 기뻐 모자를 날렸다 받는 사람도 많았다.

엄청난 환호를 받으며 크레용 차는 공장 안으로 들어갔다. 공장 안의 모습도 대단했다. 밖에 나와 있는 크레용보다는 안에서 일하는 크레용들의 수가 더 많았다. 그들은 하나같이 구슬땀을 흘리며 일에 몰두하고 있었는데, 제각기 자기가 제일 열심히 일하는 것처럼 보이려고 노력하는 것처럼 보였다.

"대단한걸! 촌장님, 여기서는 무엇을 만들죠?"

시비어가 그 수많은 크레용들을 보고 놀라 물었다.

"여기서는 크레용들이 웃는 데 필요한 웃음 약을 만듭니다."

"웃는 데 필요한?"

"그렇습니다. 대부분의 크레용들은 웃음이 없어요. 공장에서 일하는 크레용들이나 마을 간부들을 빼고는 말이죠. 킥워드가 5년 전에 웃음을 모두 없앴으니까요."

그의 말은 수호인들에게 굉장한 충격을 가져다주었다. 그들은 서로를 쳐다보며 멍하니 서 있다가 겨우 입을 열었다.

"웃음이 사라졌다고요? 말도 안 돼요!"

"생물의 감정을 그렇게 무자비하게 없애다니."

"그놈 정말 나쁜 놈이군!"

시비어와 프랭크, 플럭이 분노에 찬 목소리로 분개하자, 촌장은 애써 그들을 진정시키며 말했다.

"진정해요 모두들. 하지만 지금 크레용들은 많이 좋아졌어요. 우리는 웃음을 뺏긴 후부터 많은 기술자들이 연구에 연구를 거듭해서 작년에야 비로소 웃음 약을 만들게 되었어요."

"그래도 지금도 웃음 약을 먹지 않으면 웃지 못하잖아요."

위시드가 걱정스러운 얼굴로 말했다. 촌장은 잠시 고통스러운 표정을 짓더니 한숨을 한번 쉬고는 말했다.

"그래요. 크레용들은 약 없이는 웃지도 못하고 거의 매일 울면서 다니죠. 그래서 기쁜 일이 있을 때는 웃음 약을 조금 먹어 즐기곤 한답니다. 하지만 웃음 약은 매우 독하기 때문에 부작용이 생기기 마련이라 아주 기쁜 일이 있을 때만 극소량을 먹습니다. 그래서 우리는 다른 마을로 나갈 일이 있을 때는 그 마을에 사는 사람들이 얼마나 부러운지 몰라요. 하지만 우리처럼 또 무엇을 빼앗긴 마을도 있습니다."

그의 또 다른 대답에 달리 할 말이 없어진 그들은 더 이상 질문은 하지 않기로 하고 그저 묵묵히 일하는 모습을 바라보았다.

골드는 그들을 공장 내부에 깊숙이 위치하고 있는 관계자 외 출입금지 구역으로 데리고 갔는데, 그곳은 벽 한 면이 책장으로 되어 있었다. 그 책장 안에는 책 대신 붉은색 표가 찍혀 있는 흰색 약병이 빼곡히 들어 있었다. 위시드가 그것을 가리키며 물었다.

"저 많은 것들이 혹시 웃음 약의 원료인가요?"

그녀의 추측은 옳았다. 골드는 그렇다고 하면서 어떻게 알았냐는 듯 놀랐다. 이번엔 프랭크가 물었다.

"원료의 주재료는 무엇인가요?"

골드는 몸을 낮추고 주위를 한번 둘러보더니 문 쪽으로 다가가 문을 잠갔다. 그리고 다시 그들에게 돌아와 말했다.

"약의 원료는 저와 그리고 몇 명의 기술자들만이 알고 있는 비밀입니다. 원래는 가르쳐 드리면 큰일나지만 특별히 여러분에게만 가르쳐 드리겠습니다."

그가 워낙 조심스럽게 말하자, 7명은 더욱더 호기심이 났는지 귀를 쫑긋 세우고 그에게 바짝 다가섰다. 그는 심호흡을 한번 하더니 입을 열었다.

"크라운의 눈물."

그 말에 모두들 실망했다. 그것은 비팀에서도 훈련할 때 사용했던 것이기 때문이었다. 필리코니스가 말했다.

"크라운의 눈물은 저희들도 비팀에서 사용해 보아서 잘 알고 있어요. 제가 훈련 받을 때 사용했던 것이거든요."

그러자 골드가 눈이 동그래지더니 말했다.

"여러분께서… 크라운의 눈물을 아시다니. 정말 상상도 못한 일이군요. 물론 비팀의 모니카 펄키와 골든 노먼, 그리고 포시 다드 피블, 이 세 사람은 매직 아일랜드의 최고의 마법사들이니 그것을 조금 가지고 있었겠죠. 하지만 그건 많이 가지고 있을 수가 없답니다."

"왜요?"

시비어가 묻자, 그는 바로 대답해 주었다.

"크라운들은 어둠의 무리이기 때문이죠. 말하자면 킥워드의 부하 괴물쯤 됩니다. 그렇기 때문에 그들의 눈물은 얻기가 거의 불가능합니다. 그런데 우리는 한 가지 사실을 발견하게 되었습니다. 크라운은 죽을 때 눈물을 흘려요. 약 반 병 정도의 눈물을 말입니다. 그리고 웃음 약은 눈물 1 l 에서 500개를 만들 수 있습니다. 하지만 웃음 약은 1회용이고 또 한 번에 10알씩 먹어야 하니 눈물은 매우 많이 필요하죠. 그걸 충당하기 위해 우리는 많은 크라운을 죽여야 했습니다. 물론… 잘못된 일이란 건 알지만 이미 킥워드의 힘이 없어져 봉인되어 있는 상태라 안심하고 죽였죠. 그런데 지금 킥워드가 깨어나려고 하니 우리 크레용들은 이제 큰일입니다. 부디 이기고 돌아와 주십시오, 부탁입니다."

그는 두려움에 떨며 이렇게 말한 후 갑자기 무릎을 꿇더니 맨 앞에 서 있던 필리코니스의 손을 잡고 고개를 숙였다. 그래서 한참 동안 필리코니스와 나머지 6명이 그를 떼어 내는 일에 힘을 쏟아 부었으나 그는 한사코 밀치며 울먹이면서 외쳤다.

"킥워드가 깨어나면 자기 부하들을 죽인 우리 크레용들을 먼저 죽일 것입니다. 그를 꼭 이겨 주시겠다는 약속을 해주시면 물러가겠습니다."

그의 애원에 모두들 황급히 약속을 하고 다음 코스인 크레용 농장으로 가기 위해 차에 몸을 실었다.

한참을 크레용 모양의 나무가 심어져 있는 뻥 뚫린 길을 시원하게 달리다 보니 멀리서 공장에서 보았던 각종 색깔의 꽃밭이 보였다. 그곳에서도 역시 그들을 맞이하러 나온 농장에서 일하는 크레용들의 모습이 보였다. 그들은 웃음 약을 먹었는지 환하게 웃으며 환영을 표시했다. 또 그들의 손 위에는 손을 거의 다 차지하는 거대한 물 같은 것이 한 방울 올려져 있었는데, 각각 색깔이 달랐다.

위시드가 또 호기심이 나서 골드에게 물었다.

"저, 저 물방울 같은 것은 무엇이죠?"

"저건 물방울이 아니고 우리 크레용들의 주식인 *크레요일*입니다. 크레용 나무에서 추출한 기름이죠. 크레요일은 저마다 색깔이 달라서 자기의 모자 색깔과 똑같은 크레요일을 마셔야

95

합니다. 그래서 저는 금색 크레요일을 마시죠. 저 기름 한 방울이면 크레용들이 필요한 영양소를 모두 얻을 수 있습니다."

그러고 보니 곳곳에서 손뼉을 치다가 크레요일을 쭉 들여마시는 모습을 볼 수 있었다. 수호인들과 골드는 공장에서처럼 손을 흔들어 주다가 크레용 농장으로 들어갔다. 그곳에서는 공장과 마찬가지로 크레용들이 밭에서 일하고 있었는데, 밭 옆에는 바로 커다란 탱크가 수십 개나 있었다.

그들은 일하는 모습이 매우 흥미로웠다. 각자 다른 색깔의 크레용 나무와 꽃 등을 맡아서 쉬지 않고 그것들을 쥐어짜거나 으깨어서 크레요일을 만들었는데, 그렇게 몇 분 동안 그들이 짜낸 기름의 양은 커다란 크레요일 탱크 하나에 찰 만큼 모아졌다.

그렇게 모아진 크레요일은 각각 다른 색깔의 탱크에 보관되었다가 3개의 탱크가 모아질 때마다 탱크를 밭과 연결된 다른 곳으로 옮겼는데, 7명은 호기심이 생겨 그 탱크가 가는 곳으로 데려다 달라고 골드에게 부탁했다.

"그럼 그곳으로 가지요."

골드가 흔쾌히 대답하자, 그들은 즐거운 마음으로 탱크가 옮겨지는 길을 따라갔다.

탱크가 도착한 곳은 거대한 공장이었다. 커다란 철문을 열고 들어가 보니 탱크에서 흘러나오는 크레요일을 크레용들이 하나하나 포장하고 있었다.

그들은 무표정하게 작업에만 열중하고 있었는데, 웬만한 기계만한 빠르기로 신속하게 작업을 해서 수작업이라도 무리가 없었다.

만약 그들이 골드에게 설명을 듣지 않았더라면 그들의 무표정에 매우 놀랐을 것이다.

그들의 지나친 결벽증을 알게 된 것은 일행이 공장으로 들어온 지 얼마 되지 않았을 때였다. 프랭크가 그들의 빠른 속도와 정확성을 칭찬하자마자 일이 터지게 되었다.

"정말 크레용들은 대단하네요. 기계만큼 빠른 손놀림과 한 치의 오차도 없는 정확성까지 대단히 우수……"

그가 말을 채 끝내기도 전에 갑자기 시끄러운 경보음이 들리기 시작했다. 삐삐 소리가 나면서 크레요일 포장이 중단되었다. 크레용들의 표정은 하나같이 험악해지고 그 중 몇몇은 소리내어 울기까지 했다. 골드도 마찬가지였다. 그도 그들과 같은 표정을 지으며 그들에게 소리를 질렀다.

"모두들 제 위치로 돌아가시오! 그리고 실수를 한 크레용은 나에게로 나오시오! 다시 탱크를 가동하시오! 모두 신속하게 다시 실수 없이 일에 임하시오!"

그가 숨도 쉬지 않고 외쳐대며 실수를 저지른 크레용을 찾았다. 플럭과 데이피는 절대로 실수를 한 크레용이 나오지 않을 것이라고 예상했는데, 그 예상은 보기 좋게 빗나가 버렸다.

"초, 촌장님, 저를 해고시켜 주십시오. 모두 제 잘못입니다.

제가 실수로 포장의 뚜껑을 닫지 않는 바람에……."

갈색 모자를 쓴 크레용이 나와서 몸을 사시나무처럼 떨며 골드에게 떨리는 목소리로 잘못을 시인했다. 골드의 표정은 너그럽기는커녕 더욱 험악해져 지금까지 듣지 못했던 쩌렁쩌렁한 목소리로 그에게 말했다.

"포-장-의-뚜-껑-을-닫-지-않-았-다-고-? 당-장-이-공-장-에-서-나-가! 이-제-넌-해-고-야. 앞-으-로-이-공-장-근-처-에-는-얼-씬-도-하-지-마-!"

그의 말을 들은 그 갈색 모자 크레용은 눈물이 고인 그 커다란 눈으로 골드를 한번 쳐다보더니 결국 고개를 떨구고는 공장 밖으로 터덜터덜 나갔다. 그런데 이상한 것은 공장 사람들이 그를 동정하기는커녕 마땅한 벌을 받았다고 생각하는 것이었다.

"저렇게 건성으로 일하다가는 우리 마을이 망하고 말 거야. 그렇고말고."

맨 앞줄에서 포장을 하던 분홍색 모자를 쓴 크레용이 옆에 있는 또 다른 분홍색 모자에게 그렇게 말했다. 속삭이듯 말했지만 시비어와 위시드는 똑똑히 들을 수 있었다.

그들은 약간 실망이 되었다. 무자비한 그 결벽성에 크레용들이 희생당하고 있다는 것을 느낄 수 있었다. 하지만 자신들에게 극진한 대우를 해주는 골드에게 뭐라고 할 수는 없었다.

한바탕 소동이 끝난 후, 그들은 다시 아까 같은 무표정한 얼굴로 돌아가 일을 하기 시작했다.

"이제 다른 곳으로 가시죠."

골드는 조금 전의 그 험악한 표정을 재빨리 미소로 바꾸고
는 수호인들을 자동차가 있는 곳으로 데려가 기사에게 자기
집으로 가도록 시켰다.

6
골드 크레용의 음모

골드의 집은 부자 동네에 위치해 있었는데, 그 부자 동네에서도 가장 커다랗고 으리으리한 집이었다. 그는 자신의 집에 대해 거의 쉬지 않고 자랑을 했는데, 정말 플럭과 시비어는 자기의 참을성에 자기가 놀랄 정도였다.

"이 계단은 특별한 재료로 만들었습니다. 보통 크레용 나무가 아닌 지금은 멸종된 *골드 크레용*이라는 금빛 나무로 만들었죠. 이 계단을 만드느라 크레용 마을에 마지막으로 남은 다섯 그루의 골드 크레용을 베었지요. 껄껄."

그는 자기가 희귀식물을 멸종시켰다는 사실을 부끄러워하지 않고 오히려 자랑을 하며 말해서 모두들 눈살이 찌푸려졌다. 확실히 계단은 금색이었고, 계단뿐만 아니라 집안의 가구며 바닥도 그의 집안 색깔에 맞게 모두 금색이었다.

처음에는 예뻐 보였지만 계속 보다 보니 눈이 핑핑 돌아가는 것 같았다. 그의 설명이 계속되자 위시드가 지루해졌는지 화제를 돌리려고 그에게 질문했다.

"부인은 어디 계시나요?"

위시드가 물어 보자마자 신기하게도 계단에서 금색 모자를 쓴 코가 매우 오똑한 골드의 부인이 내려왔다. 그녀의 얼굴은 미인형이었지만 매우 까다롭게 보였다.

그녀는 자신의 얼굴과는 어울리지 않는 인자한 미소를 지어 보이면서 손님을 맞이했는데, 역시 자랑하기 좋아하는 촌장의 부인답게 깔보는 듯한 태도가 몸에 배어 있었다.

그녀는 갈색 모자를 쓴 하녀를 시켜 *크레플*이라는 과일을 깎 아오게 한 후 금색 가죽 소파에 우아한 동작으로 앉으며 이야 기를 했다. 그녀의 목소리는 매우 높고 빨랐는데, 말할 때마다 귀에 달려 있는 커다랗고 긴 금색 귀고리가 짤랑짤랑 소리를 내어 신경에 거슬렸다.

그래도 일행은 참을성 있게 그녀의 잡다한 얘기를 들어주었 다. 필리코니스가 점잖게 집에 대해 칭찬하며 말했다.

"집이 정말 화려하고 멋있군요. 부인께서 직접 꾸미신 건가 요? 아마도 그러셨을 거라고 믿습니다. 왜냐하면 부인께서 계 단을 내려오실 때부터 저는 부인에게서 넘치는 미적 감각을 느꼈거든요."

그가 나이에 맞지 않게 너무 역겨운 소리를 하며 점잔을 뺀 다고 플럭과 데이피가 속닥거렸지만, 덕분에 골드와 그의 부인 의 기분이 좋아진 듯했다.

하녀가 황금접시 위에 크레플을 담아 오자, 시장기가 있던 바이올렛이 덥석 금 포크로 두 개를 집어먹었다.

처음에는 아무 생각 없이 먹었으나 그녀는 그 훌륭한 맛에 이내 감탄을 하고 말았다. 그녀가 너무나 맛있어 하자 다른 아이들도 일제히 집어먹었다. 정말 기가 막히게 맛있었다. 부드럽게 씹히면서도 달콤한 맛 사이에서 새콤한 즙이 나오는 그 과일은 매일 먹어도 질리지 않을 것 같은 생각이 들만큼 환상적이었다.

골드와 그의 부인은 단 하나도 집어먹지 않았으나 이내 접시는 깨끗하게 비워졌다. 눈치 없게도 데이피가 입맛을 쩝쩝 다시더니 부인에게 조금 더 달라고 부탁했다.

그녀의 표정은 프랭크와 바이올렛만 알아차렸을 정도로 순간 경직되었으나 금세 가식적인 표정을 지으며 직접 부엌으로 갔다. 그녀의 뒷모습에서는 알지 못할 긴장감이 느껴졌으나 모두들 크레플의 환상적인 맛에 도취되어 한동안 행복한 표정으로 금 포크를 빨고 있었다.

그녀가 또 다른 황금접시에 크레플을 담아 왔는데, 이번에 담겨온 크레플이 더욱 크고 싱싱해 보였다. 그녀는 많이 먹으라며 그들에게 자랑을 했다.

"크레플은 우리 마을에서 저희 집과 옆집만 먹을 수 있는 특별한 과일이에요. 비쌀 뿐만 아니라 구하기도 힘들어서 저희 같은 특별한 집에서나 먹을 수 있죠. 호호호."

그녀의 자랑과 구역질나는 웃음소리를 듣고 시비어가 혼잣

말로 중얼거렸다.

"뭐든지 특별한 집이군."

다행히도 시비어의 말을 골드의 부인은 듣지 못했으나 옆에 있던 플럭이 듣고 킥킥댔다.

그들이 그렇게 말하는 사이에 또다시 접시가 깨끗이 비워졌다.

제일 많이 먹은 사람은 플럭도, 데이피도 아닌 점잖 빼던 필리코니스였는데, 그는 처음에는 한두 개씩 집어먹다가 점점 쉬지 않고 먹어대 접시에 담겨 있던 약 50조각의 크레플 중 반을 혼자 먹어치웠다.

그들은 크레플을 너무 많이 먹어 배가 빵빵해졌는데, 덕분에 포만감에 잠이 밀려 왔다.

그런데 조금 이상했다. 잠이 오는 것까지는 좋은데, 눈앞이 빙글빙글 도는 것 같았다. 그들은 졸음을 쫓으려고 부인에게 물 한 잔씩을 달라고 부탁했는데, 그녀는 물이 아닌 금색 주스를 가져다주며 또다시 자랑을 했다.

"크레플 주스예요. 많이들 들어요. 이것도 물론 특별한 주스랍니다."

시비어는 이 말을 듣고 또다시 뭐라고 중얼거렸으나 주스도 너무나 맛이 좋았기 때문에 꿀꺽꿀꺽 마셔 버렸다. 그런데 여전히 졸음이 와서 일행은 이상한 기분이 들었다.

급기야는 이상한 환상마저 보이기 시작하다가 모두들 잠이 들고 말았다. 그런데 시비어는 잠이 들려고 할 때 끝까지 이를 악물고 버티며 잠이 든 척하고는 골드와 그 부인의 대화를 엿들었다.

"성공이야!"

골드가 기쁜 표정으로 외치자, 부인이 입가에 손가락을 갖다 대며 말소리를 낮추라고 말했다. 그리고는 시비어 쪽으로 다가와 정말 잠이 들었는지 의심을 품었는데, 그때 시비어는 딸꾹질을 할 뻔했으나 다행히도 참아 위기를 넘겼다.

그녀는 다시 골드에게 다가가 말했다.

"당신은 나에게 고마워 해야 해요. 크레플과 주스에 약을 넣는 것은 정말 뛰어난 발상이었어요."

"그래, 당신 말이 옳아. 당신은 정말 똑똑해."

골드가 부인 앞에서 기가 죽는 모습을 보자 시비어는 은근히 기뻤다.

"그런데 레인보 크리스털이 없어. 이 약은 것들이 어디다 숨겨 놓았나 봐."

골드의 부인이 그들의 주머니를 뒤지다가 실망스럽게 말하는 소리가 들려 왔다.

두 사람은 레인보 크리스털을 찾고 있는 듯했다. 하지만 다행히도 그들은 그것을 그 무지개 빛 벽돌집의 베개 속에 넣어 두어 지금은 가지고 있지 않았다.

골드와 그의 부인은 실망한 채 서로 뭐라고 다투더니 부인

은 계단 위 자기 방으로 올라가고 골드만 거실에 남아 그들이
깨어나기만을 기다렸다. 시비어도 그 사이 잠이 들고 말았다.

2시간쯤 뒤에 그들이 깨어나려고 하자, 골드는 황급히 거실
에 있는 장식품을 닦는 척했다. 그는 그들이 일어나자 애써 웃
음을 지으며 능청스럽게 말했다.

"많이 졸리셨나 보군요. 크레플을 다 먹자마자 모두 잠이 들
었습니다. 이제 제가 숙소로 데려다 드리겠습니다. 오늘 구경
은 잘 하셨나요?"

시비어는 그와 그의 부인의 속셈을 모두 알고 있었으므로
그를 한번 쏘아보고는 재빨리 대답했다.

"물론이죠, 재미있게 구경했답니다."

"다행이네요. 그럼 먼저 차 있는 곳에 가 있을 테니, 천천히
들 나오세요."

그는 그렇게 말하고 총총히 문 밖으로 나갔다. 시비어는 이
때다 하고 지금까지 있었던 일의 자초지종을 아이들에게 설명
하고 싶었지만, 벽돌집에 가서 차근차근 얘기하는 것이 좋겠다
고 생각하고 시치미를 뚝 떼고는 함께 밖으로 나갔다.

차는 빠른 속도로 달려 금세 벽돌집에 도착했다. 골드는 미
소를 지어 보이며 내일 다시 오겠다고 말하고는 쌩 - 하고 차
를 타고 사라져 버렸다. 시비어는 얼른 아이들에게 얘기를 해
주고 싶어 갈색 모자 크레용에게 윗도리를 맡긴 후 재빠르게
아이들을 여자 방으로 모두 모이게 했다.

모두들 의아해하며 시비어에게 무슨 일이냐고 물어보았다. 시비어는 하고 싶은 말은 너무 많은데 정리가 잘 되지 않는 모양이었다. 아무튼 말을 조금씩 더듬어가며 이야기를 시작했다.

"아까 우리가 그 크, 크레플을 먹고 나서 잠이 쏟아졌잖아."

"그게 뭐 어때서?"

플럭이 말을 끊자 시비어는 발끈 화가 나서 그를 째려본 후 다시 말을 시작했다.

"중요한 얘기니까 내 말이 끝난 다음에 말해 줘. 어디까지 했지?"

"잠이 들었다는 얘기."

프랭크가 짧게 대답해 주자 그녀는 다시 얘기를 시작했다.

"그래, 우리는 그 과일을 먹고 잠이 들었어. 하지만 우리가 정말 단지 먹고 난 포만감 때문에 일제히 잠이 들었을까? 아니야. 난 너희들이 모두 잠들었을 때 이를 악물고 버텨서 잠에 빠지지 않고 그들의 대화를 엿들었어. 골드 부인이 말하길 바로 그 과일과 주스에 약을 넣었다는 거야. 잠드는 약이겠지. 그리고 그들은 우리의 옷을 뒤지며 레인보 크리스털을 찾으려 했지만 우리가 안전하게 숨겨 놓았기 때문에 결국은 못 찾았지. 그들에게 무슨 꿍꿍이가 있는 것이 틀림없어!"

시비어의 말이 도무지 믿어지지 않는다는 듯 그들은 눈을 크게 뜨고 고개를 내저었다. 필리코니스가 따지듯 물었다.

"자랑하길 좋아하고 약간 역겨운 사람이란 건 알고 있지만 설마 레인보 크리스털을 훔치려고 했겠어? 또 크레용이 그걸 가지고 있어 봤자 뭘 하겠니."

그러나 시비어는 고개를 저으며 굳은 표정으로 말했다.

"아니야. 난 처음부터 그의 부인에게서 어떤 험악한 느낌을 느꼈어. 하지만 그때는 아무런 증거가 없었지. 나는 분명 맨 정신으로 똑똑히 들었어. 우리의 주머니와 가방을 뒤지며 '레인보 크리스털이 없어. 이 약은 것들이 어디다 숨겨 놓았나 봐.' 하고 말하는 것을 들었단 말야!"

그녀가 길길이 날뛰자, 모두들 어느 정도 믿는 듯했다.

"그게 사실이라면, 우린 더 이상 그 사람을 믿어선 안 돼."

프랭크가 차갑게 말하자 데이피가 덧붙여 말했다.

"사실이겠지. 나도 처음부터 느낌이 별로였다구. 그리고 우리가 동시에 잠든 것도 이상하잖아. 생각해 보니까 그래."

그가 그렇게 말하자 바이올렛과 위시드도 고개를 끄덕였고, 플럭과 필리코니스도 마찬가지로 믿게 되었다.

"내일 우리가 조사해 보자."

시비어가 주먹을 쥐며 말하자 필리코니스가 물었다.

"어떻게?"

"필, 걱정 마. 내가 다 알아서 하겠어."

그녀의 부드러운 말투 속에는 분노가 섞인 타오르는 힘 같은 것이 느껴졌다. 식사시간이 되어 크레용이 식사를 가져다주자 필리코니스, 프랭크, 플럭, 데이피는 자기들 방으로 돌아가 식사를 했다.

그들은 허겁지겁 저녁을 먹은 후 내일의 결전을 다짐하며 레인보 크리스털을 다시 잘 챙겨 두고는 잠이 들었다.

다음날 아침, 어김없이 골드가 찾아왔다. 그는 벽돌집 안에 들어와 기웃거리며 무얼 찾으려고 했으나 시비어가 갑자기 나타나는 바람에 실패하고 말았다.

시비어는 골드에게 한 가지 제안을 했다.

"저, 어제 갔었던 그 훌륭한 집에 우리를 다시 초대해 주실 수 없을까요?"

'오늘은 그것을 가지고 오겠지?'

골드는 잠시 생각하는 것 같더니 대답했다.

"물론, 다시 방문해 주시면 저희로선 영광이죠."

그는 마음에도 없는 말을 하며 7명을 차에 태우고 어제의 그 황금색 집으로 다시 데려갔다. 어떻게 알았는지 골드의 부인이 나와서 그들을 기다리고 있었다.

그녀는 가식적인 웃음으로 그들을 맞으며 집 안으로 안내했는데, 시비어는 그녀가 안으로 들어가는 자기의 뒤통수를 노려보고 있다는 것을 느낄 수 있었다. 그녀는 조심스럽게 위시드에게 속삭였다.

"바이올렛하고 화장실에 가는 척해 줄래?"

그러자 위시드는 대답 대신 고개를 끄덕이고 바이올렛과 함께 화장실에 가는 척했다. 시비어도 함께 따라나섰는데, 우둔한 골드는 알아채지 못했고, 그의 부인도 그러려니 하면서 이번에는 다른 과일을 내왔다.

화장실에 들어가는 척하며 그들은 바로 옆에 있는 하녀 크레용의 방에 들어갔다. 그곳에서는 하녀 크레용이 갈색 모자를 쓰고 먼지떨이로 먼지를 떨고 있었다.

그녀는 세 사람이 방에 들어오자 매우 놀란 듯했다. 그래서 시비어는 들어올 때 노크를 할걸 하는 생각이 들었다. 시비어는 그녀를 진정시키며 침착하게 물어보았다.

"저희를 아시죠? 저희는 시비어, 위시드, 바이올렛입니다. 혹시 이 집에서 일하면서 주인과 부인에게서 무슨 이상한 점을 발견하지 못하셨나요? 오해하지 마시고, 아는 대로 대답해 주세요."

그녀는 너무 놀라 먼지떨이를 손에서 떨어뜨리고 말았는데, 다행히도 큰 소리는 나지 않았다. 그녀는 한동안 고개를 가로 젓더니 눈물을 흘리며 애원했다.

"오, 저는 아무것도 모르는 불쌍한 하녀예요. 저는 아무것도 모르니 제 방에서 제발 나가 주세요."

그녀가 그런 반응을 보이자, 바이올렛은 한숨을 쉬더니 그녀에게 다짜고짜 다그쳤다.

"모르는 척하지 말아요! 당신은 이 집의 하녀니까 무슨 이야기라도 엿들은 것이 있을 것 아니에요? 당장 말해 주지 않왔다간!"

바이올렛은 그렇게 말하다가 갑자기 그 다음에 무슨 말을 해야 할지 생각나질 않아 잠시 말을 멈추었다. 하녀 크레용에겐 그것이 더 위협적으로 보였는지, 그녀는 손을 계속 부들부들 떨더니 더듬거리며 입을 열었다.

"그럼 제가 아는 사실만 얘기해 드릴게요. 사, 사실 전 조금밖에 몰라요."

"어서 아는 것만이라도 말해 봐요."

위시드가 다그치자 그녀는 계속 떨리는 목소리로 말을 이어나갔다.

"주인님, 그러니까 크레용 마을의 촌장이신 골드 씨의 정체는 아무도 몰라요. 다만 암흑기가 시작되기 3년 전에 골드 가의 후손이 없을 때 갑자기 나타나셨죠. 그분은 골드 가의 상징인 천연 황금실로 짜여진 모자를 쓰고 죽은 이 집 원래 주인의 아들이라며 나타나셨어요. 그리고 부인도 함께요. 저희는 믿을 수밖에 없었죠. 골드 가의 모자는 흔하게 만들 수 있는 모자가 아니에요. 그 모자를 만드는 비법은 골드 가의 사람들만 알 수 있어요. 그야말로 특수의 특수 제작이죠."

"혹시 죽은 사람의 모자를 훔친 것은 아닐까요?"

위시드가 말하자 그녀는 고개를 저으며 대답했다.

"그럴 가능성은 없어요. 우리 크레용들은 죽으면서 모자도 함께 소멸해 버리거든요."

그렇다면 정말 골드 가 사람이라고 믿을 수밖에 없었다. 하지만 진짜 골드라 해도 무슨 꿍꿍이를 가지고 있는지는 알 수 없는 법이었다. 바이올렛은 끈질기게 물었다.

"이 집에 하녀로 들어온 것은 언제죠?"

바이올렛의 질문에 그녀는 잠시 생각하는 듯하더니 또렷한 목소리로 말했다.

"5년 전 암흑기가 끝난 바로 후에요. 한 몇 달 후였죠. 저는 그때 어둠의 무리 때문에 가족을 잃었어요. 물론 공장도 다닐 수 없었죠. 공장과 농장은 모두 폐허가 되었는데, 지금은 촌장님 덕분에 많이 일으켜진 거예요. 아무튼 오갈 데 없고 가족도 없는 저를 이 집에서 거두어 주셨어요. 모두들 저를 부러워했죠."

그녀는 그때의 일을 회상하며 행복한 꿈에 빠져드는 듯했다. 그러다가 시비어가 또 다른 질문을 하자 다시 정신을 차리고 대답을 해주었다.

"정말 아무것도 의심을 품을 만한 것이 없나요?"

"이건 정말 저만 알고 있으려고 한 건데……"

"시간 없어요, 빨리 말해 주세요."

바이올렛이 재촉할 만큼 시간이 많이 흘렀다. 이대로 몇 분 더 있다가는 날카로운 골드의 부인이 의심을 할 것만 같았다. 그래서 위시드가 계단 밑 거실 쪽을 보았는데 필리코니스가 금색 항아리를 보며 감탄을 했는지 또 골드와 그의 부인이 입에 침이 마르도록 자랑을 하고 있어서 안심이 되었다.

"정말 저도 믿어지지 않지만 촌장님께서 크라운의 무엇을 어둠의 무리를 통해 가져온다는 얘기를 두 분이서 하는 것을 언뜻 들었어요. 그것이 무엇인지는 저도 잘 몰라요."

"두 분이라뇨?"

시비어가 물었다.

"촌장님과 부인께서요."

"어둠의 무리라면… 킥워드를 따르는 무리?"

"저도 믿어지지 않지만 그래요. 아, 제가 아는 사실은 여기까지예요. 도움이 되었는지 모르겠네요. 그럼."

그녀는 정중하게 인사한 후 다시 청소를 시작했다. 그녀의 말은 세 사람에게 많은 사실을 알게 해주었다.

골드가 암흑기 3년 전에 갑자기 나타난 것과 그가 어둠의 무리를 통해 크라운의 무엇을 가져온다는 것, 그것은 아마도 크라운의 눈물일 것이라고 생각되었다.

세 사람은 화장실로 재빨리 들어가 변기를 내리고 물을 크게 틀어 소리를 낸 다음 밖으로 나왔다.

그들은 능청스럽게 거실로 내려와 소파에 앉아 함께 이야기를 나누었다. 그런데 이상한 일이 생겼다. 바이올렛이 물기 묻은 손으로 무심코 소파 옆의 금 탁자를 만지자 금칠이 벗겨지고 검은색이 드러났다. 그녀는 매우 놀랐으나 아무도 알아채지 못하도록 손을 바지에 쓱 닦고는 다른 손으로는 몰래 소파

밑을 만져 보았다. 역시 금칠이 벗겨지고 검은색이 드러났다. 그녀는 확신을 얻었다. 이 집의 금칠은 무엇인가를 감추기 위한 속임수라는 것을.

그녀가 이 사실을 옆에 앉아 있던 플럭에게 얘기해 주려고 했으나 골드와 그 부인이 또다시 미소를 지으며 크레플과 크레플 주스를 들고 와서 실패했다. 그들은 이번에도 바보처럼 속을 것이라고 생각했는지 미소를 지으며 많이 먹으라고 했으나 배가 부르다는 핑계로 모두들 거절했다.

필리코니스는 이제 가봐야겠다며 아이들을 끌고 밖으로 나가 차에 탔다. 골드가 데려다주려고 했지만 한사코 거부해 결국 그들끼리 가게 되었다.

문이 닫히고 그들이 떠나자 골드의 부인은 남편에게 매우 화를 냈다.

"눈치를 챈 것 같아요! 어떻게 행동했길래 저 녀석들이 알아챈 거죠?"

"미, 미안해. 하지만 저 녀석들은 바보 같아서 눈치채진 못했을 거야. 그냥 당신이 너무 예, 예민한 거겠지."

골드가 떨리는 목소리로 그녀의 눈치를 보며 말하자 그녀는 불같이 화를 내며 날뛰었다.

"내가 예민하다구요? 천만에요! 당신이 둔한 거예요. 나는 단번에 무엇이든지 알아차릴 수 있어요. 흥!"

그렇게 말한 후 그녀는 대문을 쾅 닫으며 안으로 들어갔다.

골드는 한참 동안 들어가지 못하고 있다가 겨우 밤이 깊어서야 집으로 들어갔다.

"우리는 많은 것을 알아냈어."

시비어가 또다시 여자 방에 아이들을 불러모아 놓고 회의를 시작했다.

"맞아. 하녀가 많은 도움을 주었어."

위시드가 말했다. 바이올렛도 거들었다.

"그래, 그 하녀는 아무것도 모른다고 해놓고서는 아주 많은 사실을 알려주었어."

"어떤 사실?"

"첫째는 골드가 골드 가문의 후계자가 아닐 수도 있다는 것이야."

"왜?"

"그는 암흑기가 오기 3년 전에 마지막 골드의 후계자가 죽고 골드 가를 이어갈 사람이 없을 때 갑자기 나타났대. 그는 아무나 만들지 못하는 골드 가의 모자를 쓰고 있었는데, 그건 위조된 것일 수도 있어. 물론 위조하려면 힘이 들었겠지만."

시비어가 그렇게 말하자 남자애들은 처음 아는 사실이라 약간 놀란 듯했다.

"그리고 둘째로는 그가 크라운의 눈물을 어둠의 무리에게서 가져다 썼다는 거야."

이 부분에서는 모두들 분개하며 소리를 질렀다.

"그럼 골드가 우리에게 거짓말을 한 거잖아!"

플럭이 외치자 데이피도 거들었다.

"맞아! 그는 자기들이 어쩔 수 없이 크라운을 죽여서 그 눈물을 얻은 것이라고 했는데."

"정말 연기 실력이 뛰어나군."

필리코니스가 킥워드 얘기를 하며 눈물을 글썽이던 골드를 떠올리며 말했다.

"어둠의 무리와 내통하는 또 다른 증거는 없니?"

프랭크가 질문하자 바이올렛은 이때다 하고 의기양양하게 대답했다.

"내가 오늘 중요한 것을 하나 발견했어."

"뭔데?"

"골드가 어둠의 무리와 내통하는 또 다른 증거."

"빨리 말해 봐!"

"그의 집은 원래 검은색이야."

"이봐, 바이올렛. 너 색맹은 아니겠지? 그의 집이 황금색인 것은 우리 모두가 알잖아. 특별한 집!"

플럭이 비꼬듯이 말하자 바이올렛의 목소리가 약간 높아지더니 날카롭게 말했다.

"아니야! 오늘 내가 발견했어. 내가 물 묻은 손으로 소파와 탁자를 만졌더니 금색 칠이 벗겨지고 검은색이 드러났어. 금색은 속임수에 불과했던 거야. 나는 그걸 보고 추측할 수 있었지. 어둠의 무리는 원래 검은색만 사용하잖아. 그래서 그는 암흑기 때는 그 집을 검은색으로 모두 바꿔 놓고 어둠의 무리와 내통한 후 다시 암흑기가 끝나자마자 다른 사람들의 눈을 의식해서 온통 황금색으로 바꿔 놓은 거야. 순식간에 해야 했기 때문에 허술하게 된 것이지."

"그래서 그렇게 부자연스럽게 모든 것이 황금색이었구나."

데이피가 손뼉을 딱 치며 말했다. 플럭도 동의한다는 듯 맞장구를 쳤다.

"맞아! 나도 그렇게 생각했었어. 어쩐지 부자연스럽더라."

그들의 회의는 어제보다 더 성과가 있었다. 그들은 곧바로 결정을 내렸다.

"우리 여기서 조금만 더 머무르다가 그를 잡는 거야. 어때?"

"좋은 생각이야!"

"우리는 용감하고 착한 수호인들!"

플럭이 장난스럽게 말하자 데이피와 위시드가 킥킥 웃었다.

다음날, 그들은 새벽 7시에 일어나 레인보 크리스털을 윗도리 안주머니에 깊숙이 넣은 후 골드의 집으로 몰래몰래 숨어들어갔다. 그들은 지팡이도 손에 꼭 쥐고 갔는데, 골드와 그 부인이 베란다에서 몰래 얘기하는 것을 엿들을 수 있었다.

"오늘 그 일곱 명을 모두 죽이고 레인보 크리스털을 빼앗아 오겠소."

"잘 생각했어요. 꼭 그것을 손에 넣어 킥워드님께 갖다 바쳐 야만 킥워드님께선 부활하실 수 있어요."

그들은 어제 결심하지 않았더라면 오늘 아침에 아무것도 모르고 죽었을 거라는 생각에 몸서리를 치며 지팡이를 한군데로 모았다. 시비어와 위시드, 바이올렛은 골드의 부인에게, 프랭크와 필리코니스, 플럭, 데이피는 골드에게 지팡이를 겨누었다. 그들은 온 힘을 모아 한번에 주문을 외치며 번쩍 들었다.

"리크리티피!"

그것은 깨우기의 반대 주문인 재우기 주문인데, 주문을 외우자마자 골드와 그 부인은 보라색 빛에 맞고는 비틀거리며 쓰러졌다. 그들이 완전히 잠든 것을 확인하고 수호인들은 다시 지팡이를 들어 주문을 외웠다.

"마이와이!"

이것은 기억 없애기인데, 확실히 효과가 있어서 그들이 한참 후에 깨어났을 때는 자신들이 왜 이 황금 일색인 집에 있는지 알지 못했다.

그들은 결국 금색 모자를 벗고 원래 자신의 색깔을 찾아 썼는데, 그 색깔은 역시 '갈색'이었다. 그들은 어둠의 무리의 꾐에 빠진 하인과 하녀였을 거라는 짐작을 할 수 있었다.

"저들이 앞으로는 성실하게 살았으면 좋겠어."

바이올렛이 말하자 플럭이 물었다.

"그럼 이 집에서는 누가 살지?"

"우리에게 정보를 가르쳐 준 하녀, 아니 골드 1."

시비어가 대답하자, 프랭크가 놀란 듯이 말했다.

"하녀가 골드라니?"

"우리가 모든 얘기를 들었어. 조금 있다가 다른 크레용들에게도 말해줄 생각이야."

"무슨 얘기?"

"그녀는 원래 골드였대. 그런데 갑자기 그 가짜 골드와 가짜 골드 부인이 찾아와 자기의 모자를 빼앗고는 부모를 죽였다는 거야. 하지만 그 사실은 은폐되었고, 모자를 빼앗긴 불쌍한 그녀는 아무것도 할 수 없었지. 이제 와서 그녀가 자기가 골드라고 주장해도 누가 믿어 주겠어? 오히려 마을에서 쫓겨나지. 그래서 복수의 날을 꿈꾸면서 철저한 계획을 세웠다는 거야. 바로 오늘이 그날이었대. 그런데 우리가 그를 원래의 신분으로 바꾸어 주어서 너무 고맙대. 하지만 부모를 죽인 그들이 얼마나 미웠겠니? 그렇게 죽이지 않고 살려두는 것은 바로 그녀가 너무 착하기 때문이야. 아, 그리고 그녀가 우리에게 보답으로 이걸 주었어."

시비어가 말을 마치고 그들에게 꺼내 보인 것은 금색의 보석이었다.

"이게 뭐야?"

플럭이 호기심에 차서 묻자, 위시드가 자랑스럽게 말했다.

"여덟번째 크리스털!"

"여덟번째 크리스털?"

플럭, 데이피, 프랭크, 필리코니스는 동시에 외쳤다. 그러나 여자애들은 싱글벙글 웃으며 계속 실명을 해주었다.

"이건 여덟번째 크리스털, 골드야. 너희는 크리스털이 이렇게 많은 줄 몰랐지? 아마 비팀에 있는 세 사람도 모르고 있을 거야. 이건 킥워드가 각각의 마을에 첩자를 들여보내 빼앗도록 시킨 건데, 앞으로 몇 개를 더 찾아야 할 거야."

"왜 첩자를 시켜 찾으라고 했지?"

"왜냐하면 각 마을마다 가지고 있는 크리스털을 모두 빼앗아 마지막으로 레인보 크리스털만 합치면 그가 부활할 수 있으니까."

바이올렛은 간단하게 말했으나 실로 무시무시한 계획이었다. 하지만 그들은 골드 크리스털을 얻었다는 사실에 모두 기뻐하며 크레용 마을을 떠날 준비를 했다.

크레용들은 시비어가 새로운 촌장의 등장과 함께 그 엄청난 사건을 설명해 주어 너무 고마운 나머지 눈물을 글썽였다.

그들은 새로운 골드와 함께 수호인들을 배웅했는데, 어떤 꼬마는 잘 가라고 하면서 필리코니스에게 크레요일 방울을 안겨주었다. 물론 먹지는 못했지만, 크레용 마을의 특산물을 선물받았다는 생각을 하며 조심스럽게 가방 안에 넣었다.

7
땅굴마을 코르도바

그들이 마을을 빠져나와 걸은 길은 또다시 산길이었는데, 지난번에 걸었던 길과는 엄청난 차이가 났다.

"너무 가파른걸."

"아무래도 옵스트러로 가는 길 같아."

프랭크가 지도를 보며 말했다. 모두들 옵스트러란 말에 바짝 긴장을 하고 걸음을 빨리 했다. 하지만 길이 너무 험해서 걸음을 빨리 해도 별로 진전이 없었다.

어두워지자 하는 수 없이 그들은 나무 밑에서 잠을 자기로 했는데, 새벽에는 으슬으슬 추워져서 걷는 편이 나을 것 같아 다시 걸음을 걸었다.

지도를 보니 얼마 안 가면 옵스트러라고 나와 있었다. 그러나 계속 걸어도 나오질 않자 그들은 결국 지쳐서 주저앉고 말았다.

"옵스트러는 도대체 언제 나오는 거야!"

시비어가 투덜대자 필리코니스가 무엇인가를 발견하고 소리를 질렀다.

"역시! 내가 바보였어. 우린 지금 계속 빙글빙글 같은 길만 돌고 있었어."

"그럼 이 지도는?"

프랭크가 바르게 되어 있는 지도를 보여 주며 물었다.

"아니야. 옵스트러의 힘이 지도를 못 쓰게 만든 것 같아. 내가 혹시나 해서 나뭇가지를 꺾으면서 걸었거든? 봐봐."

그는 줄줄이 꺾여 있는 나뭇가지를 모두에게 보여 주었다. 그것을 본 프랭크는 멍한 표정으로 중얼거렸다.

"옵스트러는 우리가 만만히 볼 상대가 아니야. 모두들 이 쭉 뻗은 길로 가자. 이제 지도는 휴지조각이 되었어. 그래도 혹시 모르니까 가지고 가보자."

그는 그렇게 말하며 가방을 챙기고 벌떡 일어나 지도에 표시되어 있지 않아 가지 않았던 곧은 길로 걸어갔다. 모두들 힘이 들었지만 자신들에게 주어진 일을 해야 했으므로 곧바로 자리를 털고 일어나 프랭크를 뒤쫓아갔다.

역시 지도가 잘못됐었는지 조금 더 걸어가다 보니 왠지 수상한 기운이 느껴졌다. 아무래도 옵스트러에서 나오는 기운 같았다. 추측은 맞았다. 좀더 걸어가니 거대한 문 같은 것이 그들을 가로막았다. 옵스트러의 문 같았다. 문 위에는 커다란 글씨로 이렇게 써 있었다.

프리클 존

"프리클 존?"

위시드가 조심스럽게 읽었다. 알 수 없는 말이었지만 그들은 뜻은 중요하다고 생각지 않았는지 그냥 문을 밀고 들어가려고 했다. 하지만 문은 꿈쩍도 하지 않았다. 결국 7명 모두 붙어 낑낑댔으나 조금도 움직이지 않았다.

"이런, 우린 마법을 할 줄 알아!"

"맞아. 우리가 왜 이러고 있지? 우린 마법을 할 줄 알잖아!"

프랭크의 말에 위시드가 자신의 머리를 한 번 쥐어박더니 지팡이를 들고 잠금 해제 주문을 외쳤다.

"맥크넷!"

그러나 한 명으로는 역부족이었다. 그런 거대한 문을 열기 위해서는 7명 모두 달라붙어 주문을 외워야 할 것 같았다. 그들은 문 앞에 모여 서서 힘을 합쳐 외쳤다.

"맥크넷!"

그러자 문이 거대한 소리를 내며 열렸다. 그들은 그렇게 쉽게 열어지도록 만든 것에 대해 약간 의문을 품었지만 그냥 무시하고 들어갔다. 그러나 문 안쪽의 상황은 말이 아니었다.

"이런-."

"어떡하지?"

"다, 다시 나가는 건 어때?"

땅굴마을 코르도바

"좋은 생각이야."

그들은 자신들 앞에 펼쳐진 거대한 가시덤불을 보고 잔뜩 겁에 질려 다시 옵스트러의 문을 열려고 했다. 그러나 아무리 잠금 해제 주문을 외쳐대도 꿈쩍하지 않았다. 문이 잠겨 버린 것이다. 가시덤불은 꿈틀거리며 그들에게 다가오고 있었다. 가만히 있다가는 그대로 가시덤불 속으로 빨려들어가 영영 나올 수 없을 것만 같았다.

"아무 주문이나 외워 봐!"

"그럴 때가 아니야! 이럴 때일수록 침착하게 해야 해. 생각들 해봐! 이 가시덤불을 어떻게 하면 우리가 없앨 수 있는지."

"음, 아예 없애는 건 무리일 것 같아."

플럭은 그렇게 말한 후 잠시 궁리를 하더니 손뼉을 치며 외쳤다.

"좋았어! 난 왜 이렇게 똑똑할까?"

그는 그렇게 말하고 나서 가시덤불 앞으로 조금의 망설임도 없이 걸어나갔다. 다들 그가 미친 줄 알고 말리려고 했으나 그는 그들보다 먼저 꿈틀대며 다가오는 가시덤불 앞에 서서 지팡이로 크게 원을 두 번 그렸다.

프랭크는 그의 행동을 보고 그가 훈련에서 익혔던 마법을 쓰려고 한다는 것을 알아채고는 모두에게 그가 성공할 것이라고 장담했다. 그의 장담은 맞았다.

"리오그린!"

127

그가 주문을 외치자 지팡이에서 엄청난 양의 이파리가 쏟아져 나와 가시덤불을 향해 날아갔다. 천천히 다가오던 가시덤불은 뒤로 잠깐 물러섰으나 결국 갈기갈기 잘라져 가시덤불의 2분의 1이 가루로 사라져 버렸다.

그의 활약에 시비어는 그에게 달려가 껴안고 껑충껑충 뛰었다. 덕분에 그의 얼굴은 빨개져 버렸다. 하지만 모두 없어진 건 아니었다. 플럭이 나머지 가시덤불을 없애려고 주문을 한 번 더 외쳤는데, 아까보다 훨씬 양이 적어 효과가 거의 없었다. 시비어는 자신이 나설 차례라고 생각했는지 루비듀모스 주문을 외우려고 했다.

"한 번 돌리고 갖다 댄 다음 루비."

그녀가 주문을 완전히 외우지 못하고 끊은 까닭은 프랭크가 화난 표정으로 그의 팔을 붙잡아 지팡이를 낚아챘기 때문이다.

"무슨 짓이야?"

시비어가 성난 목소리로 따지자 프랭크가 한심하다는 듯이 말했다.

"넌 저 가시덤불이 불에 타서 없애질 줄 알았니? 너, 우리가 불타 죽기를 바라는 거야?"

그의 말이 옳았다. 만약 시비어가 불을 붙였더라면 가시덤불에 불이 활활 붙어 7명은 결국 타 죽었을 것이다. 시비어는 자신의 실수를 알았는지 더는 말을 하지 않고 앉아서 궁리를 했다. 하지만 그렇게 궁리를 하고 앉아 있을 시간이 없었다.

가시덤불은 계속 뻗어 나가 다시 원래 크기로 돌아왔다. 그들은 단번에 가시덤불을 없앨 방법을 생각해 내야 했다.

"옳지! 나와 플럭이 함께 주문을 외운다면 저것들을 한 방에 날릴 수 있을 거야."

시비어가 외쳤다. 시간이 없기 때문에 모두들 시비어의 생각을 따를 수밖에 없었다.

시비어와 플럭은 가시덤불 앞에 딱 붙어 섰다. 플럭이 지팡이로 원을 크게 두 번 그리고 있을 때 시비어는 지팡이를 한 번 돌렸다. 그리고 함께 지팡이를 한 군데로 모아 가시덤불에 갖다 대며 주문을 외쳤다.

"리오그린! 루비듀모스!"

그러자 신기하게도 빨갛게 불이 붙은 이파리들이 날아가 가시덤불을 무서운 속도로 잘라내 가루로 만들어 버렸다.

불이 이파리에 붙긴 했으나 조금씩 날아가서 불씨가 금세 없어져 위험하게 불이 붙진 않아 다행이었다. 대신 이파리와 불의 힘이 가시덤불에 두 배로 적용되어 결국 깔끔하게 가시덤불이 가루가 되었다.

다들 믿어지지 않는지 그들을 잠시 멍하니 바라보며 서 있었다. 그러다가 그들에게 소리를 지르며 달려가 그들을 위로 번쩍 쳐들어 공중으로 띄웠다. 데이피는 아직도 믿어지지 않는지 자신의 허벅지를 꼬집더니 아프다고 소리지르며 펄쩍펄쩍 뛰었다. 바이올렛은 울기까지 했다.

"내려 줘!"

시비어가 괴로워 소리를 지르거나 말거나 그들은 끝까지 차례로 그들을 하늘로 높이 띄워 주었다.

"너희들, 정말 대단해."

시비어와 플럭을 내려놓고 조금 진정하고 난 필리코니스가 그들을 칭찬했다.

"맞아! 정말 멋진 생각이었어!"

"우린 이제 한 관문을 통과한 거야!"

그들은 옵스트러를 빠져나와 소리를 지르며 기뻐했다.

"이제 여섯 개가 남았구나."

"역시 생각했던 대로 정말 힘들었어. 킥워드란 놈 정말 무서운 것 같아."

"그러니까 그런 끔찍한 일을 저지르지."

모두들 프리클 존을 빠져나와 안심했는지 마구 킥워드 욕을 해댔다.

그들은 이제 그렇게 험난한 길을 걷게 되지는 않았으나 지도가 망가져서 잠깐 헤맸다. 하지만 프리클 존에서부터 멀어지자 다시 지도가 정상으로 돌아와 정확하게 6시간 동안 걸은 끝에 땅굴마을 *코르도비*에 도착하게 되었다.

그곳은 완벽한 땅굴마을이었는데, 그 마을 사람들은 매우 키가 작았다. 난쟁이보다 조금 큰 정도였는데, 아이들은 완전히 난쟁이 같았다. 그들의 얼굴은 매우 까맸고, 또 손과 발에는 흙

이 묻어 있었다. 그들 역시 크레용들과 마찬가지로 뜨겁게 환영해 주었다. 역시 그 마을 촌장이 나와서 그들에게 마을을 소개시켜 주었다.

"안녕하십니까? 코르도바의 촌장 에드거 롤핀입니다."

그는 꼬질꼬질한 손으로 필리코니스에게 악수를 청했는데, 필리코니스는 그의 손에 묻은 흙을 보지 못했는지 매우 반갑게 악수에 응했다.

"그런데 저희가 묵을 곳은 어디인가요?"

그러고 보니 어디를 보나 집 한 채도 보이질 않았다.

"저희 마을은 땅굴마을입니다. 그래서 땅 속에 마을이 있지요."

롤핀의 말을 들은 아이들은 매우 놀랐다. 아무리 땅굴마을이라 해도 완전히 땅 속에 마을이 있을 줄은 몰랐던 것이다.

"그럼 하루 종일 땅 속에서 생활하시나요?"

"예. 그렇습니다. 그래서 저희는 대부분 햇빛을 받지 못하죠. 조금 쑥스럽지만 그래서 저희 코르도바 사람들은 모두 키가 작답니다. 그리고 땅 속에서 모든 것을 해결하니 손과 발은 흙투성이랍니다. 우리는 경제적으로 여유롭진 않지만 그래도 비교적 평화롭게 마을을 꾸려 나가고 있습니다."

프랭크의 질문에 롤핀이 대답해 주었다.

필리코니스는 그의 말을 듣고 아까 자신이 그와 악수했다는 사실이 생각나서 얼른 손을 보았는데, 역시 흙투성이였다. 그래서 그는 몰래 닦고는 다시 웃음을 지어 보였다.

"그럼, 저희 마을을 소개해 드리겠습니다."

롤핀은 정중하게 그들을 어딘가로 안내했다.

"와우 - 여기로 드나드는군요!"

"맞습니다. 이런 구멍은 우리 마을에 100개는 넘게 있을 것입니다."

그의 짐작에 그들은 놀라 나자빠질 뻔했다. 하긴, 그 커다란 마을에 구멍이 5, 6개밖에 없다면 얼마나 혼잡할 것인가? 그런 생각을 하며 그들은 구멍 안으로 들어갔다. 거기서부터 진짜 코르도바 마을이 시작되었는데, 천장이 매우 낮았다.

롤핀은 허리를 숙이지 않고 그냥 갈 수 있었으나 프랭크, 필리코니스, 플럭, 데이피는 허리를 약간 굽혀야 했다.

"천장이 매우 낮네요."

"높게 지으려면 힘이 들거든요."

그는 간단하게 대답해 주었다.

그들이 한참을 그 낮은 길을 따라 걸어가자 3개의 문이 보이고 그 옆으로 다른 길이 또 보였다.

롤핀은 걸음을 멈추고는 그 3개의 문 중 가운데 문을 열고 그들을 안내했다. 그곳은 롤핀의 집이었는데, 한눈에 봐도 궁핍하다는 것을 알 수 있었다.

그의 가족은 대가족이었는데, 그의 어머니, 아버지인 노인 2명과 아이들 7명, 그리고 부인과 그가 함께 살고 있었다.

11명의 대식구가 살기엔 턱없이 좁아 보였지만, 그래도 오밀 조밀하게 살아가고 있는 것을 보면 정말 감탄할 만했다.

그들 중 가장 나이가 많아 보이는 롤핀의 아버지가 맨 앞에 서 있던 플럭의 손을 쥐고 흔들며 말했다. 물론 그의 손도 흙 투성이였다.

"잘 오셨습니다. 그리고 너무 고마워요. 여러분은 정말 고마 우신 분들입니다."

그는 무턱대고 고마워하며 눈물 젖은 눈으로 그들을 바라보 았는데, 기분이 그렇게 나쁘진 않았다. 하지만 이런 흙투성이 집에서 묵어야 한다는 것이 조금 마음에 걸렸다.

"참, 묵으실 방을 보여 드리지 않았군요. 저를 따라오십시오."

노인의 손을 억지로 빼내며 롤핀은 그들을 방으로 안내했다.

"어?"

그들이 놀라는 것에는 이유가 있었다. 흙으로 되어 있을 줄 알았는데 그들이 묵을 방은 대리석으로 되어 있었다. 시비어가 눈을 동그랗게 뜨고 물었다.

"롤핀 씨! 이 대리석은 어디서 구하셨어요?"

그는 멋쩍게 웃으며 말했다.

"저희 마을 사람들이 열심히 돈을 모아 위치빌리지에 가서 조금 사왔답니다."

그의 말을 듣고 보니, 코르도바 사람들의 정성을 다하는 마음이 느껴졌다.

"저희에게 이렇게 잘해 주시니 정말 감사합니다."

"아닙니다. 당연히 이렇게 해야지요. 우리 마을 사람들은 워낙 순한 사람들이니 여러분들이 편하게 지내다 가실 수 있을 것입니다."

그는 이렇게 말하고는 방에서 나갔다. 방에 남은 아이들은 의논을 하기 시작했다.

"내일은 여기서 출발해야 해. 한시가 급한 건 너희들도 잘 알지?"

필리코니스가 제일 먼저 말을 꺼냈다.

"하지만 롤핀 씨께서 내일 코르도바 사람들이 감자를 캐는 모습을 보여준다고 하셨어."

시비어가 말했다. 그는 다시 말했다.

"그래, 어차피 크레용 마을에서도 오래 있었으니까 내일 모레쯤 떠나도 괜찮겠다."

"좋아. 나도 이곳이 마음에 들었어."

플럭이 동의하자 모두들 그런 분위기로 나가는 것 같았다. 그들은 잘 때쯤 되어 헤어졌는데, 다음 날 감자 농장에 대한 설렘으로 모두들 쉽게 잠을 들 수 없었다.

다음 날 아침, 롤핀의 어머니는 그들에게 손수 만든 감자 그라탕을 주었는데, 그 요리는 웬만한 특별한 일 아니고는 내놓지 않는 고급 요리라는 소리에 모두들 가슴이 찡했다.

어렵게 사는 코르도바 사람들 때문이란 이유도 있었지만 외지인을 따뜻하게 대해 주는 그들의 착한 마음씨 때문이었다.

아침을 맛있게 먹고 그들은 롤핀과 함께 감자 농장으로 향했다. 뭔가 특별하길 기대했던 그들은 너무나 평범한 감자 캐는 모습에 약간 실망도 되었지만 그래도 즉석에서 구운 감자를 맛본 후부터는 눈이 초롱초롱해져서 너도나도 감자를 캐려고 했다.

롤핀 씨는 한사코 그들에게 감자 캐는 일을 시키려 하지 않았지만, 그들이 너무도 원해 어쩔 수 없이 호미와 헌 장갑을 주었다.

"내가 직접 캔 감자를 구워 먹으면 얼마나 맛있을까?"

플럭이 싱글거리며 입맛을 다시자, 옆에서 시비어가 면박을 주었다.

"넌 먹는 것만 좋아하는구나."

그들이 죽어라 한 시간 동안 캔 감자는 겨우 두 광주리밖에 되지 않았지만 감자의 알이 크고 토실토실한 게 구우면 아주 맛있을 거라는 생각이 절로 들었다.

감자를 구우려고 보니, 구울 곳이 마땅하지 않았다. 그들은 잠시 고민을 하다가 좋은 생각이 떠올랐는데, 바로 시비어의 도움을 받는 것이었다. 데이피가 나뭇가지를 주워다가 모아놓고 시비어에게 루비듀모스 주문을 외워 달라고 부탁했다.

"정말, 내가 없으면 되는 일이 없다니까!"

시비어가 뻐기며 말했지만 모두들 맛있는 감자만을 생각하

136

며 굽실거렸다. 그녀는 자신만만한 표정으로 지팡이를 안주머
니에서 꺼내 우아하게 한 번 돌리고 나뭇가지에 갖다 댄 후
주문을 크게 외쳤다.

"루비듀모스!"

불이 활활 타오르자 모두들 불 주위로 모여들어 각자 자기
가 캔 감자를 불에 구워 먹었다. 그렇게 다 구워 먹고 뒷정리
까지 하니 벌써 오후가 되었다.

그들은 다시 땅굴로 들어와 조금 휴식을 취하다가 저녁을
먹고 잠이 들었다. 하루 종일 신나게 놀았던지라 너무나 빨리
코고는 소리가 들렸다.

"안녕히 가십시오."

이른 새벽, 코르도바 사람들은 그들을 배웅하며 순조로운 여
행이 되기를 간절히 기도했다.

흙이 잔뜩 묻은 손으로 그들이 보이지 않을 때까지 손을 흔
들어 주고 있을 때, 갑자기 롤핀의 어머니가 지팡이로 짚어가
며 쩔뚝쩔뚝 달려가 그들을 멈춰 세웠다.

"이봐요, 잠깐만 멈춰 주시오."

"무슨 일이죠?"

필리코니스가 묻자 그녀는 주름이 쪼글쪼글하게 잡힌 까만
손으로 여기저기 자기의 옷을 뒤지더니 허리춤에서 갈색의 반
짝이는 보석을 꺼내 그의 손에 쥐어 주었다.

"이건 *브라운*이에요. 킥워드가 가져가지 못하도록 우리 마을 사람들이 지키고 있었던 거라오. 이것이 있으면 도움이 될 것 같아서 이렇게 드리는 거요. 부디 무사히 돌아오시오. 그럼."

그녀는 아홉번째 크리스털을 그들에게 넘기고 다시 마을로 돌아갔다.

8
진짜 브라운은 어디에

"**아홉번째** 크리스털을 이렇게 쉽게 얻을 줄은 정말 몰랐어."

그들은 이런저런 이야기를 주고받으며 다음 옵스트러를 향해 길을 떠났다. 코르도바 주변의 길은 매우 평탄하여 쉽게 걸을 수 있었다.

"그런데 조금 이상하지 않아?"

한참을 고민하며 걷던 바이올렛이 미심쩍은 듯 말했다.

"뭐가 이상해?"

"크리스털을 너무 쉽게 얻은 것 같아서 말이야."

데이피가 묻자, 그녀는 고개를 갸우뚱거리며 말했다.

"네가 너무 예민한 것 아니니?"

"아니야. 느낌이 이상해."

그녀는 결국 자세히 살펴봐야겠다며 필리코니스에게 브라운을 달라고 말했다.

"우리가 봐봤자 뭘 알겠니?"

진짜 브라운은 어디에

필리코니스는 그렇게 말하며 잠깐만 보라고 하고 그녀에게 브라운을 건네 주었다. 그녀는 찬찬히 살펴더니 모두를 둘러보며 제안을 했다.

"이걸 시험해 봐야겠어."

"무슨 시험?"

위시드가 물었다.

"브라운의 속성이 뭐지?"

그녀는 대꾸하지 않은 채 필리코니스에게 물었다.

"글쎄, 뭘까?"

그도 잘 모르는 듯이 고민하며 되물었다.

"난 골드는 뭔지 알아."

시비어가 끼어들었다. 그녀는 크레용 마을의 하녀였던 진짜 골드가 말해 주었다며 설명을 했다.

"음, 그녀도 정확히는 모르지만 골드가 혼자서는 힘을 발휘하지 못한다는 것은 확실하다는 거야."

"혼자서는 힘을 내지 못한다구? 그게 무슨 말이야?"

플럭이 다그치듯 묻자 그녀는 당황한 듯 말까지 더듬으며 대답해 주었다.

"그, 그러니까 골드만 가지고는 마법을 부릴 수 없다는 소리지. 앞으로 가장 먼저 얻게 될 크리스털과 함께 사용해야 한다는 거야."

"그 크리스털이 바로 브라운?"

바이올렛이 묻자 시비어는 고개를 끄덕였다.

"그래서 골드가 나에게 지팡이 두 개를 주었어."

시비어가 조심스럽게 말하자 모두들 놀라며 한마디씩 했다.

"지팡이?"

"무슨 지팡이?"

"우리에겐 이미 지팡이가 있잖아!"

"왜 지금까지 우리에게 숨겼니?"

"어디 한번 보여 줘 봐!"

제각기 떠들며 북새통을 이루자, 시비어는 못 참겠다는 듯 소리를 빽 질렀다.

"차근차근 물어봐! 보여 주면 될 거 아니야."

귀가 찢어질 듯 큰 목소리에 깜짝 놀라 모두들 조용해졌다. 시비어는 아랑곳하지 않고 가방을 뒤지더니 꼬질꼬질한 천에 둘둘 감겨 있는 지팡이를 보여 주었다.

"하나는 보석이 들어갈 홈이 두 개 있고, 하나는 희한하게도 우리가 보석을 찾을 때마다 하나씩 늘어나게 돼. 처음에는 일곱 개였는데, 지금은 어? 여덟 개잖아?"

"뭐야? 찾을 때마다 하나씩 늘어난다면 지금은 아홉 개가 되어야 하는 거 아냐?"

"그러게. 이상하네?"

위시드와 시비어가 말을 주고받는 사이, 바이올렛은 뭔가 골똘히 생각하고 있었다. 그러더니 드디어 알아냈다는 듯 외쳤다.

"그래!"

"뭐가 그렇다는 거야?"

프랭크가 퉁명스럽게 묻자 그녀가 말했다.

"어쩌면 브라운이 진짜 크리스털이 아닐지도 몰라."

"무슨 소리야?"

"진짜라면 홈이 하나 더 늘어나야 되잖아. 안 그래?"

"그래, 그렇긴 하다."

필리코니스가 맞장구를 쳐주자, 힘이 난 듯 그녀는 더욱 큰 소리로 말했다.

"어쩐지 너무 쉽게 얻었다 했더니 바로 가짜여서 그랬던 거였어. 내 직감이 맞았던 거지!"

그녀가 뽐내며 말을 맺자 프랭크가 곧바로 이어 말했다.

"그렇게 확신할 순 없어. 진짜일 수도 있다구."

"그렇다면 브라운과 골드를 이 지팡이에 끼우고 한번 시험해 보자."

데이피가 오랜만에 좋은 생각을 해내자 모두들 기뻐하며 그렇게 하기로 했다. 브라운과 골드는 홈에 정확히 들어맞았는데, 정작 그것들을 어떻게 사용하는지 몰라 멍하니 들고만 있을 수밖에 없었다.

"이상하네? 골드 1이 말하기로는 지팡이에 보석을 끼우자마자 빛이 나면서 속성과 함께 주문이 떠오른다고 하던데?"

시비어가 중얼거리자 플럭이 의심스러운 듯 물었다.

"정말이야? 믿을 만한 얘기냐구."

"틀림없을 거야. 그녀의 말에 의하면 돌아가신 부모님께서 꼭 잊지 말라며 해주신 말씀이라고 했거든."

"그렇다면 정말 가짜네!"

바이올렛은 자신의 예감이 맞았다며 좋아할 일이 아님에도 불구하고 손뼉을 치며 외쳤다.

"가짜라면 큰일이야. 아무래도 코르도바로 다시 가야겠어."

"그래. 가서 자세한 얘기를 들어 봐야겠다."

"뭐야. 그 사람들, 가짜를 주고 말이야!"

"자, 그럼 모두 가기로 한 거지?"

필리코니스가 모두를 둘러보며 묻자, 다들 고개를 끄덕였다. 그들은 코르도바로 다시 길을 떠났는데, 길이 평탄해서인지 쉽게 도착할 수 있었다. 사람들은 모두 땅굴 속으로 들어간 뒤였다. 필리코니스와 데이피가 땅굴 쪽으로 외쳤다.

"저기요, 롤핀 씨!"

그 소리에 롤핀이 아닌 다른 사람들이 먼저 나왔다. 곧바로 롤핀이 나왔는데, 그는 매우 당황한 것 같았다.

"아니, 어째서 다시 오신 겁니까?"

"사정이 생겼어요. 그것보다도 할머니를 만나고 싶은데요."

"아, 어머니는 지금 주무시고 계십니다. 굳이 만나시려면 들어오시지요."

롤핀은 땅굴 속 그의 집으로 그들을 데리고 가 할머니 방까지 안내해 주었다. 롤핀이 잠을 깨우자, 할머니는 눈을 비비며 일어나 그들을 맞았다.

"어쩐 일이시우?"

"저, 이 브라운에 문제가 있어서요. 그러니까… 가짜 같아서요."

"가짜라니? 그럴 리가."

화들짝 놀라며 그들을 뚫어져라 쳐다보던 할머니는 그들의 긴 설명을 듣고 놀라워하며 말했다.

"이럴 수가. 이건 우리 마을 사람들의 수치라오!"

"그게 무슨 말씀이세요?"

시비어가 묻자 그녀는 고개를 저으며 말했다.

"여러분은 이 브라운이 어떻게 만들어지고, 또 누구의 손에서 만들어지는지 모를 거유. 하지만 일이 이렇게 된 이상 모두 말해 줘야겠어요."

그녀는 그렇게 말하고는 잠시 쉬더니 다시 길게 말을 이었다.

"브라운은 하늘에서 뚝 떨어진 보석이 아니에요. 이건 우리 코르도바 사람들의 물건이지. 그러니까 우리 마을 사람들이 모두 힘을 합해서 만든 크리스털이라 이 말이우.

브라운은 아주 조그만 '브라운 가루'를 모아서 만든 건데, 이 브라운 가루는 코르도바 사람들이 일생에 한 번밖에 얻을 수 없는, 몸속에서 나오는 귀한 가루라우. 이 가루는 입을 통해서

원할 때 일생에 딱 한 번 나오는데, 만병통치약이지요. 정말
'만병'을 치료해 준다니까요.

우리 마을 사람들은 브라운을 만들기 위해 모두들 브라운
가루를 모았어요. 그리고 그것으로 몇 번의 작업 끝에 브라운
을 만들었지요. 우리는 다른 마을의 힘을 빌려 브라운 공장을
세운 후 밤낮으로 일해서 그것을 만들었답니다.

그 작업은 3단계에 걸쳐서 이루어지는데, 1단계는 침과 섞인
브라운 가루를 순수한 가루만으로 걸러내는 것이고, 2단계는
눈에 거의 보이지 않을 만큼 가루를 매우 곱게 갈지요. 마지막
으로 그 가루를 긁어모아 단단히 굳혀 브라운을 만드는 거라
우. 그런데 그게 가짜란 말이우?"

"그런 것 같아요. 그런데 그 일을 모든 마을 사람들이 협동
해서 했나요?"

"그런 셈이라우. 물론 책임 지도자가 있었지. '피퍼'라고. 나
서길 좋아하는 사람인데, 왜 물어 보시우?"

"애들아, 그 사람을 만나 봐야겠어."

시비어는 할머니의 물음에 대답도 못한 채 롤핀과 아이들과
함께 피퍼를 만나기 위해 길을 나섰다. 땅굴 속을 걷고 있을
때, 롤핀이 걱정스럽게 아이들에게 말했다.

"피퍼 씨를 조심해. 그 사람은 왠지 사악한 구석이 있거든.
이런 말을 해선 안 되겠지만. 너희들이 걱정되어 말해 주는 거
란다."

"괜찮아요. 설마 가짜 골드만 하겠어요?"

플럭이 웃으며 말하자 롤핀은 무슨 말인지 이해가 안 간다는 듯 어깨를 으쓱했다.

피퍼의 집 대문이 나타나자 롤핀은 그들을 뒤로 하고 가버렸다. 그들은 잠시 누가 먼저 문을 두드릴 것인지 서로의 눈치를 살폈다. 결국 시비어가 나서서 문을 쿵쿵 두드렸다. 그러자 '누구요?' 하는 소리와 함께 문이 삐거덕 열렸다.

문을 연 사람은 얼굴이 까무잡잡하고, 허리가 약간 굽고 키가 작은 전형적인 코르도바 남자였다. 그가 바로 피퍼인 것 같았는데, 깡마른 체구가 볼품없었지만, 까만 눈이 무섭게 반짝거렸다. 그가 의심스러운 눈으로 쳐다보자 필리코니스가 짧게 소개를 했다.

"저희는 비팀에서 온 수호인들이에요. 혹시 피퍼 씨?"

그러자 그 남자는 잠시 얼굴이 굳어지더니 맞다는 뜻으로 고개를 끄덕였다. 그때 위시드가 밝게 말을 건넸다.

"피퍼 씨를 만나기 위해 온 거예요. 브라운 공장의 총책임자셨다면서요?"

"맞아요. 그런데 무슨 일로?"

그가 약간 껄끄러운 목소리로 겨우 대답하자, 프랭크가 단도직입적으로 말했다.

"불행하게도 마을 사람들이 협동해서 만든 브라운이 가짜였어요. 도대체 어떻게 된 일인지 좀 알고 싶어서요. 저희는 브라운이 꼭 필요하답니다."

그는 상당히 놀란 듯 입을 동그랗게 오므리더니 이맛살을 찌푸리며 말했다.

"그럴 리가요. 뭔가 잘못 아신 걸 겁니다. 저희는 최선을 다해 완벽한 브라운을 만들었어요."

"하지만 아무래도 가짜 같은 걸요. 해명을 해주셔야겠어요."

바이올렛이 끈질기게 말하자 자기는 모르는 일이라며 문을 닫으려고 했다. 그때 바이올렛이 재빨리 지팡이를 꺼내 주문을 외웠다.

"리크리티피!"

피퍼는 생각보다 빨리, 그리고 깊이 잠들었다. 그는 코까지 골며 깊은 잠에 빠졌는데, 그 사이에 그들은 피퍼의 집으로 들어가 이것저것 살펴보기 시작했다. 그러나 조그마한 탁자며 의자, 책장은 물론(책은 꽂혀 있지 않았다) 쓰레기통까지 샅샅이 뒤졌지만 단서는 보이지 않았다.

점점 지쳐갈 무렵 프랭크가 감자 쿠키 상자에서 이상한 것을 발견했다. 쿠키더미 밑에 하얀 약병이 숨겨져 있었다. 약병의 앞부분엔 해골 마크가 그려져 있고 뒷부분에는 글씨가 써 있었다.

코르도바의 피퍼에게
브라운을 만들 때 슬그머니 이 약병 안의 가루를 첨가해라.

그럼 가짜가 만들어질 것이다. 그리고 코르도바에 그들이 도착하면 할멈에게 가짜를 내주어라. 눈치는 못 챌 것이다.

"뭐야, 이 약병 안의 가루 때문이었던 거야? 정말 교활하군!"

프랭크가 채 다 읽지도 않았는데, 플럭이 얼른 빼앗아 읽으며 외쳤다.

"당장 롤핀 씨에게 가자!"

필리코니스가 말하자, 누가 먼저랄 것도 없이 일단 옆의 밖으로 통하는 사다리를 타고 올라가 롤핀을 찾아갔다.

"그런데 피퍼가 깨어나면 어떡하지?"

데이피가 걱정이 되는지 물었다. 그러나 바이올렛은 장난스럽게 말했다.

"너, 내 주문의 위력을 못 믿는 거야? 실망이다."

"아니, 뭐 그런 건 아니구."

바이올렛과 데이피가 뛰어가면서 대화하는 사이, 롤핀과 마주쳤다. 그는 안절부절못하다가 그들이 뛰어오는 것을 보자 손을 흔들며 반겼다.

"정말 걱정했습니다. 피퍼 씨하고 무슨 안 좋은 일이라도 생겼나 하고요."

"안 좋은 일이라뇨? 우린 피퍼 씨가 꾸민 짓이라는 걸 밝혀낼 증거를 확보했다구요."

플럭은 자랑스럽게 약병을 꺼내 보였다. 롤핀이 그 약병에 써 있는 글을 모두 읽는 데 조금 시간이 걸렸지만, 기다리는 수밖에 없었다. 롤핀은 글을 다 읽자, 매우 분노하며 주먹을 불끈 쥐고는 말했다.

"이렇게 훌륭하신 분들을 번거롭게 하고 곤경에 빠뜨리려고 하다니, 정말 나쁜 놈이군. 그럴 줄 알았어. 이놈은 땅굴 감옥에 처박아 놔야 해! 암, 그렇고말고."

"땅굴 감옥이오?"

"그래요, 땅굴 감옥. 이건 우리 조상님들이 특별히 해가 되는 짐승들이나 악당을 가둬 두었던 곳으로 땅 속 깊은 곳에 있지요. 충분한 감자와 시설이 구비되어 있지만 아무도 없이 혼자서 살아야 하죠. 거기서 있다 보면 정신을 차릴 거예요."

그의 결정이 올바른 결정이라 생각되었는지 모두들 고개를 끄덕거리며 흐뭇해했다. 하지만 꾸물댈 시간이 없었다. 진짜를 찾아야 하기 때문이었다.

"그런데 진짜 브라운은 어디에 있을까요?"

위시드가 걱정스럽게 롤핀에게 묻자, 그는 걱정 말라는 듯 말했다.

"괜찮아요. 다시 금방 만들면 돼요."

"가루는 일생에 딱 한 번만 나온다고 했는데?"

바이올렛이 고개를 갸우뚱하며 물었다. 롤핀은 껄껄 웃으며 말했다.

"곰곰이 생각해 보니 아이들이 있더군요. 정말 잊고 있었어요. 아이들의 가루를 가지고 밤새워 만들면 금세 만들어질 거예요."

"그랬군요! 정말 잘됐네요. 할머니께도 말씀드려야 할 것 같아요."

시비어가 진심으로 기뻐하며 외쳤다.

롤핀의 말대로 브라운은 금세 만들어졌다. 순박한 코르도바 사람들은 피퍼의 계략에 분개하면서도 더욱 집중해서 일을 해 이틀 만에 브라운을 만들어 냈다. 결국 모두들 몸져 누웠지만.

"그럼 이제 정말로 떠나겠어요."

진짜 브라운을 가지고 떠나는 수호인들의 마음은 가볍기도 했지만 약간 섭섭하기도 했다. 그들은 꼭 이기고 돌아오겠다는 약속을 하고 모두의 배웅을 받으며 길을 나섰다.

피퍼는 결국 감옥에 갇혔는데, 진심으로 뉘우치는 기색이 보여 1년이란 짧은 형이 내려졌다.

"피퍼 씨가 진심으로 착한 마음을 먹었으면 좋겠어."

"그러겠지. 1년 동안 자기가 무얼 잘못했는지 뉘우치게 될 거야."

그들이 피퍼에 대한 이런저런 얘기를 계속 하며 걷다 보니 벌써 어두워졌다. 시비어가 걱정이 되는 듯 말했다.

"얼마나 더 가야 되지?"

"조금만 더 가면 두번째 옵스트러가 나와."

프랭크가 지도를 살펴보더니 뒤따라오는 아이들에게 알려주었다.

"어? 또 지도가 말을 듣지 않아!"

프랭크가 다급하게 외치자 플럭이 태평스럽게 말했다.

"내가 또 그렇게 될 줄 알았어."

"우리 이번에도 성공할 수 있을까?"

바이올렛이 걱정스럽게 묻자 시비어가 밝게 대답했다.

"물론이지! 그때처럼만 한다면 마지막까지 문제없어."

"그래, 그러겠지."

그녀가 힘없이 대답하는 순간, 데이피가 갑자기 앞으로 달려나갔다. 모두들 의아해했지만 그는 멀리 앞쪽에서 소리를 질렀다.

"옵스트러야!"

그의 말에 모두들 힘을 내서 달려가 보니 역시 그때와 같은 철문이 있었다. 시비어가 멍하니 바라보며 말했다.

할로 플레임

그 철문의 꼭대기에는 프리클 존 때와 같이 할로 플레임이란 글자가 크게 쓰여 있었다.

"무슨 뜻인지는 모르겠지만, 들어가자."

"이번엔 뭐가 나올까?"

모두들 궁금해하며 건성으로 맥크넛 주문을 외친 후 들어갔다. 문이 열리자마자 열기가 얼굴에 확 와 닿았다.

지독한 연기 냄새에 코를 쥐고 매운 눈을 겨우 떠 가며 앞을 바라보자, 천길 낭떠러지의 아래쪽에서 불길이 솟아오르고 있었다.

"뜨거워!"

"빨리 뭐라도 해야 할 것 같아."

"우리가 뭘 해야 하지?"

"잘 생각해 보자구!"

"내가 나설게!"

제각기 수선을 떨고 있을 때, 프랭크가 앞으로 나섰다. 그는 무슨 속셈인지 말리는 아이들의 말을 듣지 않고 낭떠러지 거의 끝으로 다가갔다.

"위험해, 돌아와!"

위시드가 울먹이며 외치자 그는 괜찮다는 듯이 한번 미소를 지어 보이고는 주문을 외웠다.

"키바팅카!"

그가 커다란 목소리로 주문을 외우자 지팡이 끝에서 물줄기가 나왔다. 그는 거기서 멈추지 않고 지팡이로 큰 원을 그리며 타오르는 불길에 물을 계속 뿌렸다. 치지직 하는 소리가 들리더니 불길이 사그라들었다. 하지만 그것으로 끝이 아니었다.

그가 주문을 외운 것이 불길을 더 타오르게 했는지 이제는 불이 나지 않았던 곳에서도 불이 붙기 시작했다.

위시드와 바이올렛은 서로 껴안고 팔짝팔짝 뛰다가 프랭크가 당황해하는 모습을 보고 주위를 두리번거리고는 그들 주위에도 이미 불길이 솟고 있는 것을 보고 더욱 놀랐다.

프랭크는 안절부절못하며 돌아다니다가 곰곰이 생각을 하더니 갑자기 블루 크리스털을 꺼냈다. 그는 그것을 바라보면서 아이들에게 소리쳤다.

"어쩌면 이것이 우리를 도와줄지도 몰라."

"그럼 빨리 빨리!"

시비어가 불 속에서 어쩔 줄 모르는 두 사람을 바라보며 다급하게 외쳤다. 프랭크는 블루 크리스털에 지팡이를 갖다 대고 주문을 외웠다.

"키바팅카!"

신기한 일이 벌어졌다. 블루 크리스털에서 엄청난 양의 물이 쏟아져 나오기 시작했다. 불길은 이미 완전히 사그라져 버렸다. 너무나 순식간에 일어난 일이라 모두들 연기에 그을린 얼굴로 입을 벌리고 있었다. 그러다가 모두들 프랭크에게 칭찬을 해주려고 달려갔는데, 프랭크는 자기가 성공했다는 사실을 기뻐할 힘마저 빠져 결국 쓰러져 정신을 잃고 말았다. 그래서 필리코니스와 플럭, 데이피가 프랭크의 머리며 다리와 팔을 잡아끌어 옵스트러 안을 빠져 나와야만 했다.

그는 옵스트러를 빠져 나온 지 정확히 20분 만에 깨어났는데, 다들 그가 깨어나자마자 소리를 지르며 환호했다.

"네가 블루 크리스털을 이용해서 옵스트러에서 우리를 구해
줬어!"

바이올렛이 그의 어깨를 잡고 흔들며 말했다. 그는 아직도
정신을 차리지 못했는지 계속 뭐라고 중얼거렸다.

"어, 어 그래. 그래-근데-어-옵스트러-저-할로-플레임은?"

"네 맹활약으로 빠져 나왔잖아. 얘들아, 얘가 아직도 정신을
못 차렸나 봐. 하긴 지옥 같았지. 정말."

위시드가 할로 플레임에서 빠져 나오지 못했던 때의 기억을
떠올리며 눈을 감고 고개를 저었다. 프랭크는 자리에서 일어나
더니 바지에 묻은 흙을 툭툭 털고는 다시 지도를 폈다.

"그래. 내가 그 크리스털을 이용해서 빠져 나왔어. 맞아, 기억
난다. 그래, 그건 그렇고 이제 빨리 가자."

"우리가 너 때문에 이러고 있었다는 걸 모르는구나?"

시비어가 어처구니없다는 듯이 말하자, 필리코니스가 다독
이듯이 말했다.

"괜찮아, 괜찮아. 우리는 프랭크에게 고마워해야 해. 그리고
빨리 길을 떠나자. 저, 프랭크! 다음 목적지는?"

"세번째 옵스트러와 엘프마을 *엘프루아*."

"그래! 가자!"

그들은 코르도바를 뒤로 하고 세번째 옵스트러와 엘프들이
사는 마을인 엘프루아를 찾아 떠났다.

9
엘프마을 엘프루아

얼마 걸어가지 않자, 향긋한 꽃 냄새가 그들의 코를 간지럽혔다. 둥실둥실 떠다니는 느낌으로 조금 더 걷다 보니 나비와 비슷한 것들이 눈앞에서 춤을 추며 어지럽게 했다.

"이게 뭐야?"

플럭이 손을 공중으로 휘휘 저으며 외쳤다. 그러자 데이피가 재채기를 하며 대답해 주었다.

"에쿼! 나비 아니야? 그나저나 이 냄새나는 나비들 너무 싫다."

"무슨 소리야. 예쁘기만 한데."

위시드는 그 나비 같은 것들을 잡으려고 폴짝폴짝 뛰며 반박했다. 정령들인 것처럼 느껴졌기 때문이다.

"왠지 엘프루아에 온 것 같아."

프랭크가 지도를 보며 말하자 바이올렛이 물었다.

"그걸 어떻게 알아?"

"여기 지도에 이렇게 써 있어. 엘프루아는 엘프들이 사는 마을로 그곳엔 언제나 향기가 넘쳐 흐르고 분주하게 날개를 움직이는 수많은 정령들이 살고 있다. 그리고 많은 엘프들이 살고 있는데 그들은 매우 오래 살 뿐만 아니라 늙지 않는다."

"오래 살고 늙지 않는다구? 대단한걸!"

"아무튼 엘프루아가 맞는 것 같으니 빨리 가자."

"으- 빨리 가서 쉬고 싶다."

시비어가 다리를 절뚝거리며 우스꽝스럽게 뛰어가자 다들 웃으며 함께 걸음을 빨리 했다.

역시 프랭크의 말대로 조금 걷자 눈앞에 엄청나게 커다란 마을이 보였다. 분홍빛의 젤리 같은 바닥이 마을 전체에 깔려 있었고, 멀리서 매우 반짝거리는 투명한 분홍빛 성이 보였다.

성으로 가는 길 양옆에는 모두 같은 높이의 무지개 색의 1층 정도 되는 낮은 건물이 성냥갑을 늘어놓은 모습처럼 즐비하게 서 있었고, 안의 모습이 훤하게 보이도록 엄청난 크기의 창문이 각각 달려 있었다.

그 안을 자세히 보지는 못했지만, 윙윙거리는 소리와 함께 뭔가 빤짝빤짝하는 것을 보니 마을로 들어오는 입구에서 봤던 그 정령들인 것 같았다. 바닥은 희한하게도 젤리처럼 물컹거리는 것처럼 보였지만 너무나도 푹신푹신해서 마치 치즈 케이크를 밟고 가는 듯했다.

사뿐사뿐 걸어 성문 앞에 도착하자마자 정령들이 달려와 커다란 문을 열어 주었다. 성의 내부는 수백 개의 방으로 이루어졌는데, 커다란 귀가 달린 엘프들이 분주하게 일을 하고 있었다.

정령 하나가 성의 맨 꼭대기로 날아가 눈부시게 하얀 옷을 입은 키가 큰 여자 엘프에게 날아가 끽끽거리자 그녀는 가볍게 유리 계단을 타고 그들 앞으로 다가왔다. 그리고는 부드러운 미소를 지으며 말했다.

"엘프의 성, '엔튜렐라'에 오신 것을 환영합니다. 저는 이 성의 주인 루리아라고 해요."

그녀의 목소리는 매우 높고 가늘었지만 뭔지 모를 힘이 느껴지는 묘한 목소리였다. 그녀의 말대로 계단 맨 꼭대기의 '엔튜렐라'라는 커다란 글씨가 이 성의 이름을 말해 주고 있었다.

그녀는 멀뚱멀뚱 엘프들을 쳐다보는 수호인들에게 이곳저곳을 함께 다니며 설명해 주었다.

처음 가본 곳은 전투실이었는데, 그들은 해충들을 물리치기 위해 훈련을 한다고 했다.

"해충은 어떤 것들이 있죠?"

위시드가 질문하자 루리아는 친절히 답해 주었다.

"정령들이 꿀을 따거나 *루아*를 채취하는 데 훼방을 놓는 곤충들을 말하는데, 웜스와 노이징이 제일 많죠. 웜스는 강한 이를 가지고 있고, 멀리는 못 가지만 이를 날릴 수도 있어요. 게다가 이는 하루면 다시 생겨나죠. 그래서 정령들에게 상처를 많이 입히는 편이죠. 그리고 노이징은 이상한 가루를 뿌리고

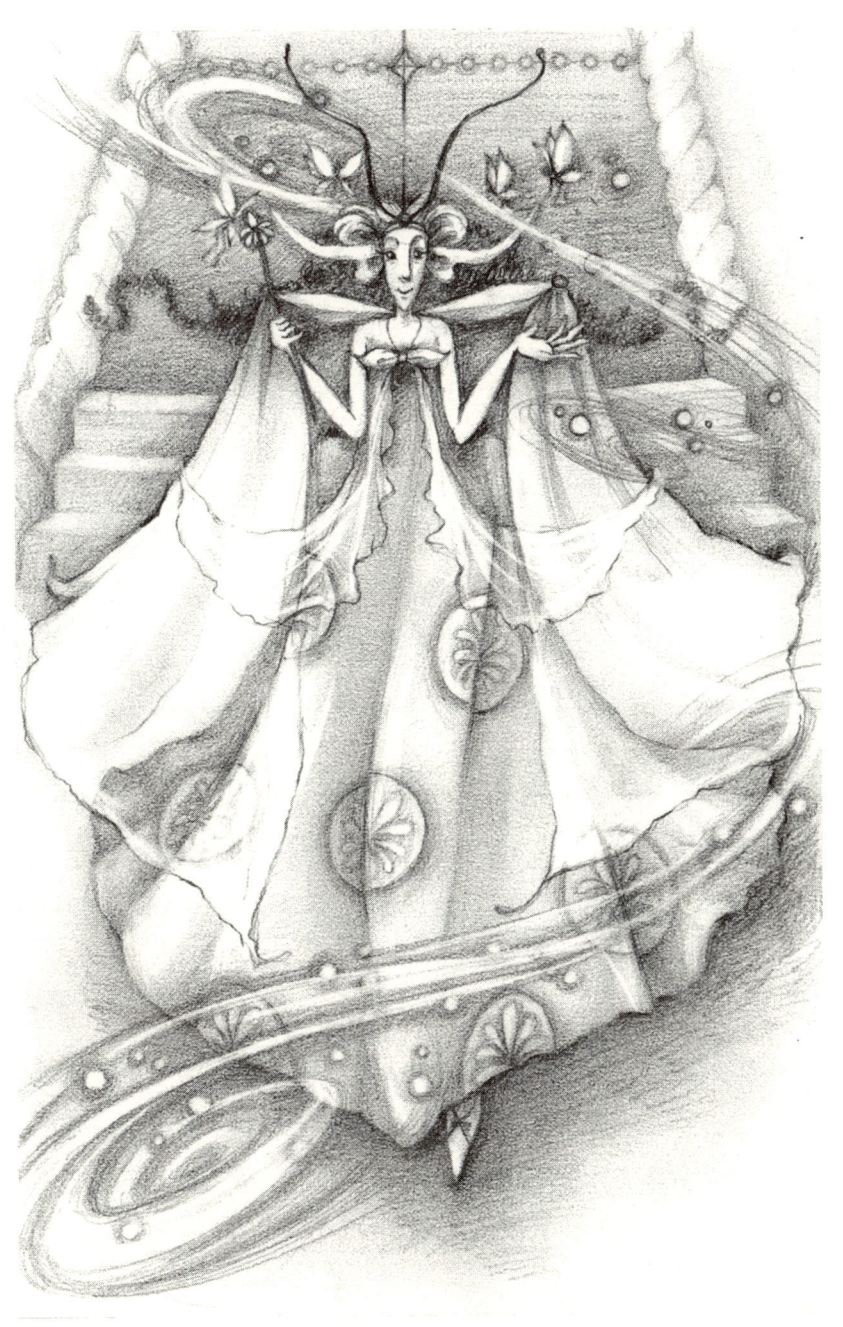

다니면서 정령들을 잠들게 하는데, 보통 잠이 든 정령들은 눈을 떠보면 다시 엔튜렐라에 와 있는 것을 알 수 있어요. 아무래도 그들이 잠든 상태에서 다시 성으로 찾아오는 것 같답니다."

"아, 그렇구나. 그런데 루아라는 것은 뭐죠?"

위시드는 고개를 끄덕이다가 다시 물었다. 이번에도 루리아는 곧바로 대답해 주었다.

"루아는 별식이죠. 꿀은 주식이구요. 꿀만 먹으면 질릴 뿐만 아니라 영양이 고루 섭취되질 않아요. 그렇기 때문에 루아를 먹는 거죠. 루아는 나무에서 채취할 수 있어요. 정령들이 나무에다 기다란 관을 꽂고 밑에 통을 놓고 기다리면 통이 빠른 속도로 채워져요. 하지만 웜스가 나무 위에서 이를 쏘기 때문에 재빠르게 꽂아야 해요."

"루아는 맛있나요?"

"글쎄요. 맛있다기보다는 산뜻하죠. 꿀만 계속 먹다가 루아를 먹으면 굉장히 산뜻해요. 여러분도 조금 있다가 한번 맛보시면 상쾌한 걸 느끼실 수 있을 거예요."

루리아의 말이 끝나기도 전에 플럭이 입맛을 다시며 말했다.

"신기한걸! 루아를 컵에 한가득 채워서 먹어 봐야지."

"오, 저희 엘프들은 컵을 사용하지 않아요. 나뭇잎을 말아서 마시죠. 일회용이에요. 엘프루아의 나뭇잎은 하루면 금세 다시 자라나서 일회용이라 해도 모자라는 일은 없어요."

루리아는 그렇게 말하고는 전투 방을 지나 계단을 한층 더 올라갔다. 그곳은 방이 엄청 많은 곳이었는데, 루리아의 말로는 기숙사라고 했다.

"여기와 이 위층은 방이 모두 200개 정도 있어요. 위층은 남자 엘프가 지내는 기숙사이고, 이 층은 여자 엘프가 지내는 기숙사랍니다."

"기숙사라면 학교도 있나요?"

"당연하죠. 학교가 있답니다."

"학교에선 뭘 배우나요?"

"주로 꿀이나 루아를 담을 나뭇잎 컵을 만드는 데 필요한 시간을 단축하는 것도 배우고, 좋은 묘목을 골라 심는 일도 배웁니다. 또 마을 어귀에서부터 뿌려지는 향기를 만드는 것도 배운답니다."

"향기를 엘프들이 만드나요?"

"그렇죠. 왜냐하면 엘프들은 지능이 높기 때문이에요. 물론 정령이 엘프보다 훨씬 많지만, 그들은 지능이 너무 낮아요. 어쨌든 엘프들은 끊임없이 더 좋은 향기를 만들기 위해 노력하고 또 노력한답니다. 덕분에 하루에 적어도 다섯 가지의 새로운 향기가 개발되는데, 실제로 뿌려지는 것은 얼마 되질 않아요."

쉬지 않고 쏟아지는 질문을 루리아는 척척 받아 내며 엘프 학교로 그들을 데리고 갔다.

'엘프 학교'라 쓰여진 커다랗고 푹신한 문을 가볍게 열고 들어가 보니 모두들 공부에 열중하는 모습이 보였다.

"교실에 칸막이가 없네요?"

시비어가 창문과 벽이 없이 트인 교실을 보고 물었다.

"엘프들은 답답한 걸 매우 싫어해요. 그렇기 때문에 트인 교실을 사용할 수밖에 없죠."

루리아의 말에 시비어는 고개를 끄덕이더니 엘프들이 뚫어져라 쳐다보고 있는 칠판을 바라보았다. 선생님인 반짝거리는 분홍색 안경을 낀 엘프가 칠판에 대고 말을 하자, 칠판에 그 말이 젤리 같은 글씨로 찍혀져 나왔다. 시비어와 바이올렛은 매우 신기한 듯 소리쳤다.

"말하는 대로 칠판에 글씨가 써지네?"

"신기하다."

루리아는 그들이 넋이 나간 채로 칠판을 바라보자, 그들에게 방으로 가는 것이 어떻겠느냐고 제안을 했다.

"정령들이 여러분의 방을 준비해 놨을 거예요."

"그럼 어서 가요."

시비어는 빨리 쉬고 싶었는지 방으로 갈 것을 재촉했다.

"방은 두 개인데, 1층에 있어요."

루리아는 그렇게 말하고는 1층으로 함께 내려갔다. 정령들이 마중을 나와 있었다. 그리고는 날개를 바르르 떨면서 그들을 안내했다. 정령들을 따라가 보니 방이 아니라 무슨 별채 같은 단층 건물이 2채 세워져 있었다.

"이게 방이에요? 너무 좋다."

한눈에 봐도 좋아 보이는 화려한 장식들이 모두의 눈길을 끌었다.

"이 방들은 바로 정령들이 꿀과 약간의 루아를 가지고 만든 것이에요. 건물을 짓는 데 쓰는 꿀이 따로 있죠."

루리아가 이렇게 설명하자 위시드가 이어 말했다.

"그렇다면 이 성도 건축용 꿀로 만든 건가요?"

그녀는 잠시 생각하더니 이내 대답해 주었다.

"거의 그렇다고 봐야죠. 10분의 9는 건축용 꿀과 루아가 차지하고, 나머지 10분의 1은 약간의 잎 가루와 건축용 향기가 차지하죠."

"잎 가루랑 건축용 향기라는 것은 뭐죠?"

루리아가 말을 마치자마자 바이올렛은 따지듯 물었다. 하지만 루리아는 조금도 흔들림 없이 말했다.

"잎 가루는 루아 나무의 잎인데, 건물을 지을 때 더욱 견고하게 만들어 줘요. 하지만 큰 건물을 지을 때만 효과를 발휘한답니다. 그리고 건축용 향기란 엘프학교를 수료하고 몇 년 정도 공부를 더하면 만들 수 있는 향기인데, 이것은 잎 가루와 반응을 해서 견고하게 만들어 주는 역할을 하죠. 이해되시겠어요?"

그녀가 묻자 모두들 고개를 끄덕이며 이해한 듯한 표정을 지었으나 플럭은 이해를 못했는지 아니면 관심이 없는지, 아무런 반응도 보이지 않고, 파란색으로 장식된 방에 들어가려고 문을 열었다. 이번 문도 마치 치즈 케이크 같았다.

그가 문을 열고 들어가려다 다시 후닥닥 나왔는데 무슨 영문인지 그는 매우 놀란 듯했다. 걱정된 데이피가 그에게 묻자 그는 더듬거리며 말했다.

"희, 희한해! 한번 들어가 봐."

그의 짤막한 대답에 매우 궁금해진 데이피는 방으로 뛰어들어갔다. 그러자 그도 매우 놀란 표정으로 뛰쳐나와 멀뚱멀뚱 서 있는 나머지 아이들에게 소리지르며 말했다.

"너무 넓어! 밖에서 보는 것과는 비교가 안 돼! 수십 배야, 수십 배라구."

"밖에서 보는 것과 비교가 안 되면 도대체 방이 얼마나 좋은 거야?"

시비어는 그렇게 말하며 분홍색 장식이 된 방문을 열고 들어갔는데, 그녀는 플럭과 데이피와는 달리 방 안에서 소리쳤다.

"모두들 들어와! 위시드, 바이올렛, 빨리 들어와 봐!"

그녀의 외침에 위시드와 바이올렛과 나머지 네 명도 함께 방 안으로 들어갔다.

방의 내부는 정말 멋지고 아름다워서 탄성이 절로 나올 정도였다. 그들이 만족해하는 모습을 보자 정령들은 기뻐하며 향기를 잔뜩 내뿜으며 공중에서 춤을 추었다. 루리아도 함께 기뼈해 주었다.

그녀는 우선 여자아이들 방에 대해 설명해 주었는데, 너무 외울 것이 많고, 너무 화려해서 그들의 눈은 핑핑 돌 지경이었다.

남자아이들 방도 마찬가지였다. 결국 그들은 어렵고 좋은 기능은 포기하고 기본적인 것만 사용하기로 결정했는데, 한결 마음이 편해졌는지 뜨거운 물을 잔뜩 틀어놓고 손과 발을 담그고는 매우 즐거워했다.

특히 엘프루아에 도착하기 전부터 피곤하다고 투덜댔던 시비어가 제일 즐거워했는데, 그녀가 싱글거리며 침대에서 점프를 하자 덩달아 위시드와 바이올렛도 함께 점프를 해서 엄청나게 큰 소리가 났다. 덕분에 정령들이 무슨 사고라도 생긴 줄 알고 윙윙거리며 날아와 어쩔 줄 몰라했는데, 단순한 장난이었다는 걸 알고는 안심하며 다시 날아갔다.

다음날 아침, 그들은 푹신한 침대에서 잔 까닭인지 매우 일찍, 기분 좋게 일어났다. 제일 먼저 일어난 사람은 프랭크였는데, 그는 정령이 매우 흥미가 있는지 혼자 정령들을 관찰하고 있었다.

"날개가 네 개네? 두 개씩 붙어 있군. 날개에서 가루가 뿌려지는 거였어. 음, 그리고 더듬이는 없고, 대충 조그만 요정같이 생겼잖아?"

정령들은 프랭크가 관찰한 대로 정말 사람을 축소시켜 날개를 달아 놓은 것 같았다. 그래서 꼭 피터팬의 팅커벨 같았는데, 그는 매우 신기한지 꽃가루까지 손에 받아 관찰했다. 그가 중얼거리며 꽃가루를 관찰하고 있을 때 필리코니스가 그의 어깨를 툭 치며 물었다.

"아침부터 정신나간 애처럼 뭐하고 있어?"

"관찰중이야."

프랭크는 짧게 대답하고는 다시 중얼거리며 손 위의 가루의 냄새를 맡아보기도 하고 눈을 가까이 들이대어 관찰하기도 하며 불안하게 비틀거리며 돌아다녔다. 그 모습은 정말 필리코니스가 말한 것처럼 정신나간 애 같았는데, 다행히도 그가 관찰을 중단할 무렵 시비어와 위시드가 깨어나 겨우 놀림감이 될 위기에서 벗어났다.

연달아 플럭, 데이피, 바이올렛이 누가 먼저랄 것도 없이 깨어났는데, 7명이 뭉치자 매우 소란스러워져서 루리아가 그들이 깬 것을 알아차리고는 그들의 방으로 내려왔다. 그리고는 아침식사를 들라며 정령들에게 그들을 식당으로 안내할 것을 명령했다.

"아침 식사에 뭐가 나올까? 맛있는 게 나와야 할 텐데."

플럭이 중얼거리자 바이올렛이 면박을 주었다.

"넌 언제나 먹는 생각뿐이구나?"

"꿀하고 루아가 나올 것 같아."

프랭크가 말하자 위시드가 맞장구를 치며 말했다.

"맞아. 루리아가 어제 우리에게 루아를 준다고 말했었어."

"오, 기대되는걸!"

플럭은 루아를 먹을 생각에 정령들을 앞질러서 식당으로 가려다 결국 길을 잃었다. 그러나 다시 일행에 합류해 조용히 정령들을 따라갔다.

"루아-루-."

플럭이 노래를 즉석에서 지어 부르던 찰나, 정령들이 끽끽대며 식당에 도착한 것을 알려주었다.

"노래를 못 불러서 아쉽지만 빨리 가서 먹어야겠다!"

플럭은 그렇게 소리치며 루리아가 있는 쪽으로 내달렸는데, 그녀는 친절하게도 투명한 쟁반에 나뭇잎을 말아 만든 컵 7개를 담아 들고 있었다.

"빨리 왔군요. 이 쟁반에 있는 나뭇잎 컵을 하나씩 가져가세요."

그녀는 쟁반을 내밀며 그들에게 말했다. 제각각 더 빨리 먹으려고 손을 쭉 뻗었지만, 단연 플럭이 1등으로 루아를 얻게 되었다. 루아는 땅딸막한 남자 엘프가 배급해 주었는데, 그는 커다란 나무 모양에 꼭지가 달려 있는 통 옆에 서서 적당한 양의 루아를 나눠 주었다.

"루아-루아-."

플럭은 못다 부른 노래를 부르며 푹신한 분홍색 의자에 앉아 손을 비비며 입맛을 다신 후 단숨에 그것을 들이켰다. 그는

169

"와!" 하며 즐거운 표정으로 소리를 지르더니 땅딸막한 엘프에게 달려가 한 잔 더 달라고 했다. 그리고는 히죽히죽 웃으며 말했다.

"맛있어! 희한한 맛이야. 아이스크림 같기도 하고, 아무튼 맛있다!"

그의 말을 들은 시비어가 그에게 대가와 귀에 대고 속삭였다.

"루리아가 그러는데, 오늘의 루아는 약간의 꿀과 가루가 첨가된 특별한 거래. 그래서 맛이 훨씬 더 좋다나 봐."

"정말? 많이 먹어도 된다고 했지?"

"물론이지. 하지만 꿀도 좀 먹어라. 너무 한 가지만 먹으면 영양소를 골고루 섭취하질 못해."

"꿀도 먹을 거야. 걱정 마."

시비어와 플럭이 먹는 얘기로 한참 시간을 보내는 동안, 바이올렛은 의자에 앉으려다 뭔가를 발견하고는 루리아에게 물었다.

"여기는 왜 이렇게 분홍색 물건이 많아요?"

루리아는 싱긋 웃으며 대답해 주었는데, 별로 큰 의미는 없었다.

"그냥 우리는 예로부터 분홍색을 사랑스러운 색깔이라 생각해서 가장 많이 써왔어요. 뭐 별다른 뜻은 없지만, 그래도 엔튜렐라의 물건들은 거의 다 분홍색이라고 봐야죠."

"그렇구나."

바이올렛은 고개를 끄덕이며 황금빛 꿀을 꿀꺽꿀꺽 마셨다. 그리고 다시 루아를 가지러 플럭과 시비어가 있는 곳으로 갔는데, 그들은 너무 많이 먹었는지 꼼짝도 못하고 있었다. 바이올렛도 루아 두 컵 정도를 더 마시고는 더 이상은 못 마시겠다며 고개를 내저었다.

"오늘 정말 잘 먹었어요."

데이피가 잔뜩 불러온 배를 두드리며 루리아에게 말했다.

"조금 쉬었다 갈래요?"

루리아가 그렇게 묻자, 그들은 배가 너무 불러 움직이기가 힘든 나머지 흔쾌히 동의했다. 그들은 푹신한 의자에서 느긋하게 휴식을 취하다가 방으로 돌아왔는데, 필리코니스는 방에 들어오자마자 모두에게 말했다.

"오늘 세번째 옵스트러를 찾아 떠나는 게 어때?"

"글쎄, 굳이 오늘 떠나지 않아도 되잖아?"

플럭이 루아 생각 때문인지 가기를 꺼려하는 듯이 말했다. 하지만 필리코니스는 진지하게 다시 말했다.

"여기에 계속 있다 보면 너무 늘어져 버릴 것 같아. 그 동안 휴식을 적당히 취했으니 오늘 중으로 떠나자. 오래 있어 봤자 떠날 때 더 힘들어질 뿐이야."

"그래. 필의 말이 맞아. 낮에 떠나는 게 어때?"

프랭크가 거들어 주자 시비어와 위시드, 바이올렛도 동의하며 짐을 꾸리러 각자의 방으로 돌아갔다. 플럭과 데이피는 약간 아쉬운 듯했지만 결국 느릿느릿 가방을 챙겼다. 그때 갑자기 루리아가 그들의 방으로 와서 말했다.

"시비어에게 들었어요. 오늘 낮에 떠나신다면서요? 그래서 저희가 정성을 담아 치료용 향수를 준비해 봤어요. 여행 다니실 때 요긴하게 쓰일 것 같아서요."

그녀는 그렇게 말하면서 분홍 빛깔과 푸른 빛깔의 향수 하나씩을 필리코니스의 손에 쥐어 주었다.

"분홍색은 진정제이고, 푸른색은 해독제예요."

"고맙습니다."

필리코니스는 그 향수를 천조각에 정성스럽게 싼 후 가방에 깊숙이 집어넣었다.

"참, 그리고 떠나시기 전에 마지막으로 저희 축제에 참여해 주세요."

루리아가 막 생각이 났는지 손뼉을 치며 말했다. 플럭과 데이피는 당연히 찬성했고 필리코니스와 프랭크도 찬성했다. 여자아이들은 이미 모두 알고 있었는지 옷까지 준비하고는 기다리고 있었다.

10
세번째 크리스털 핑크

"그 날개 달린 산만한 옷은 어디서 났니?"

위시드가 날개를 펄럭이며 돌아다니자 데이피가 정신이 없다는 듯이 물었다. 그러자 위시드는 그를 톡 쏘아 보며 말했다.

"이건 루리아가 준 옷이야. 특수 제작한 거라구."

"내가 보기엔 그냥 어지러운 옷 같은데? 꼭 한 마리의 닭 같아. 털 날리는 방정맞은 닭."

플럭이 일부러 기분 나쁘다고 말하자 위시드는 발끈해서 소리쳤다.

"너 말 다했어? 그럼 넌 웜스 더하기 노이징이다!"

이에 질세라 플럭은 다시 반격을 하려 했지만 프랭크에 의해 실패했다. 프랭크가 억지로 떼어놓은 후에도 그들은 서로를 노려보았는데 축제를 위해 겨우 기분을 추슬렀다.

"바이올렛, 네 옷은?"

"루리아가 준 게 조금 커."

"괜찮아. 그냥 입어. 나는 작아서 문제다. 빨리 입어야지, 모두들 기다리겠어."

　시비어가 빨간 날개가 달리고 꽃가루가 흩날리는 연한 빨간색의 엘프 옷을 입고 바이올렛에게 재촉하자 할 수 없이 바이올렛은 시비어와 같은 디자인의 보라색 엘프 옷을 입고 나타났는데, 역시나 조금 커서 약간 어색했다.

　"위시드는?"

　"글쎄, 아까까지만 해도 플럭이랑 싸우던데. 어디 갔지?"

　"저기 오네."

　시비어와 바이올렛은 위시드를 찾다가 그녀가 노란색 날개를 흔들며 달려오는 것을 발견하자, 플럭의 표현대로 정말 한 마리의 닭 같아서 웃음을 참느라 매우 힘들었다.

　"남자애들은?"

　"따로 가겠대. 아직 옷을 못 입었나 봐."

　바이올렛이 남자아이들을 찾자 시비어가 빠르게 대답하고는 정령을 따라 축제가 벌어지는 엘프루아 마을의 중심가로 가기 위해 발걸음을 재촉했다.

　"틀림없이 플럭이 꾸물거려서 늦는 걸 거야. 내 그럴 줄 알았어."

　위시드는 아직도 화가 풀리지 않았는지 마구 화를 내며 말했는데, 바이올렛과 시비어는 상관하지 않고 정령을 따라 날개를 마구 흔들며 엔튜렐라 성을 빠져나갔다. 위시드도 뒤처지지 않으려고 역시 날개를 더욱 세게 흔들며 달렸는데, 결국 그들보다 앞설 수 있게 되었다.

"근데 어떤 축제래?"

위시드가 숨을 헐떡이며 묻자 시비어가 우쭐대며 말했다.

"그럴 줄 알고 내가 진작에 루리아에게 물어 봤어."

"어떤 축젠데?"

자꾸 따지듯 묻는 말에 시비어는 매우 빠른 말투로 대답했는데, 바이올렛은 자세히 듣지 못했는지 묵묵히 뛰기만 할 뿐이었다.

"엘프와 정령의 조화로운 삶을 축하하는 축제래. 재미있겠지? 엘프와 정령이 힘을 합쳐 루아를 채취하는 행사도 있다나 봐. 아무튼 빨리 가봐야겠어."

옆구리가 아파 오도록 뛴 세 사람은 결국 주저앉아 버릴 만큼 힘이 빠질 무렵에야 축제장에 도착할 수 있었다.

멀리 오색 빛깔의 정령들과 함께 이야기를 나누고 있는 루리아를 발견한 그들은 옆구리를 움켜쥐고 다시 그에게 뛰어갔다. 옷이 불편해서 거치적거리긴 했지만, 루리아가 반기면서 분홍빛 루아를 건네주자 그들은 활짝 웃으며 그것을 꿀꺽꿀꺽 마셨다.

"오는 데 너무 힘들었어요."

위시드가 입가에 묻은 루아를 닦으며 말하자, 루리아는 다시 초록빛의 루아를 주면서 말했다.

"이걸 마시면 원기 회복이 될 거예요."

시비어는 위시드의 잔을 가로채 단숨에 마시고는 말했다.

"축제는 언제 시작하죠? 너무 기대돼요."

위시드가 눈을 흘기는 것에 아랑곳하지 않고 시비어는 뻔뻔스럽게 웃으며 말했다. 그러자 루리아는 대답 대신 따라오라는 손짓을 하면서 그들을 엘프와 정령들이 바글바글 모인 곳으로 데리고 갔다.

그곳은 그들이 엔튜렐라로 올 때 지나쳤던 무지개 빛의 성냥갑처럼 생긴 건물들이 늘어서 있는 거리 가운데의 광장이었다. 많은 엘프와 정령들이 그곳에 모여 그들을 반겨 주었다. 정령들은 열심히 노래를 불러 주었는데, 노래라기보다는 거의 울음소리에 가까웠다. 하지만 모두들 나뭇잎 잔을 들고 즐거워하며 루아로 건배를 했다.

시비어와 위시드, 바이올렛은 자기들끼리도 건배를 했는데, 상쾌한 루아의 맛은 그만이었다.

"정령들이나 엘프들은 얼마나 좋을까?"

시비어가 나뭇잎 잔에 남아 있는 루아 방울을 핥다가 그렇게 말하자 바이올렛이 물었다.

"왜?"

"평생 루아와 꿀만 먹고 살 거 아니야."

그녀의 대답에 위시드와 바이올렛은 웃음을 터뜨리며 그녀를 비웃었다.

"너도 플럭을 닮아 가는구나!"

"완전히 물들었어. 큰일인걸! 이러다가 너 뱃살이 엄청나게 불어날지도 몰라."

그들이 이마를 탁 치며 진지한 표정으로 시비어를 놀리자 시비어는 반격을 하려다가 고개를 내두르며 루아가 가득 담긴 통 쪽으로 다가갔다.

"지금 누구하고 닮아 간다는 거야. 정말 못 말리는 애들이야."

그녀가 중얼거리며 루아를 아예 국자로 퍼서 잔에다 따르고 있을 때, 요란한 소리와 함께 남자아이들이 우당탕 뛰어왔다.

"아직 시작 안 했겠지?"

"물론이야. 근데 왜 이렇게 늦었어?"

바이올렛이 궁금한 표정을 지으며 물어보자, 데이피가 말했다.

"우리 옷을 좀 봐. 얼마나 거추장스럽니? 입는 데 시간 진짜 오래 걸리더라구."

데이피의 말에 그들의 의상을 보니 정말 자신들이 입고 있는 옷과는 비교도 안 되게 복잡해 보였다. 그 중에서 필리코니스가 가장 키가 커서 튀어 보였는데, 덕분에 시비어, 위시드, 바이올렛은 입을 다물 수 없었다.

그는 다행히도 머리에는 아무런 장식도 하지 않았지만, 목에는 약간 더운 날씨와는 걸맞지 않게 새하얀 목도리를 칭칭 감고 있었고, 팔에는 파란색의 착 달라붙는 젤리 같아 보이는 팔찌를 수십 개나 차고 있었다.

　게다가 발목까지 5개씩이나 발찌를 차고 있어서 아랍 계통의 사람 같아 보였다. 몸통은 넓고 흰 리본으로 배와 어깨를 칭칭 감아서 무슨 미라를 보는 듯했고, 뒤에는 이상한 문자가 커다랗게 찍혀 있었는데, 아마도 이곳 엘프루아의 말인 것 같았다. 시비어는 그에게 쪼르르 달려가 팔찌를 만지면서 외쳤다.

　"특이해! 이거 누가 준 거야?"

　"당연히 루리아지. 어디서 남자 엘프 옷을 구해 왔더라구. 4벌 구하는데 엄청 힘들었다나 봐."

　그들의 대화에 갑자기 플럭이 끼어들어 말했다.

　"왜 필 옷이 제일 튀는지 알아? 키가 너무 커서 엘프루아 최고의 멋쟁이 옷밖에 맞는 것이 없었대. 그가 새로운 옷을 하나 장만했는데, 꼭 맞아서 입게 된 거야. 근데 이런 옷이 최고의 멋쟁이가 입는 옷이라니 실망스럽다."

　플럭이 그의 붕대 같은 흰색 리본을 잡아당기며 안쓰러워하자, 필리코니스는 그의 손을 치우면서 한숨을 쉬었다. 필리코니스가 자신의 미라 같은 모습을 내려다보고 있을 때, 광장 쪽에서 커다란 나팔 소리가 들려왔다.

　"뭐지?"

　"글쎄. 한번 가보자."

　시비어와 위시드는 광장 쪽으로 빠르게 달려갔는데, 나머지 아이들도 나팔 소리의 정체를 알기 위해 달려갔다. 그들이 멈쳐 선 곳은 엘프와 정령들이 환호하는 루리아와 매우 닮은 엘프의 모습이 새겨진 동상이 있는 곳이었다.

공중에서는 유난히 커다란 분홍빛의 정령이 자기 몸의 10배가 넘는 크기의 나팔을 불고 있었다.

프랭크는 옆에서 손을 흔들며 환호하는 젊은 남자 엘프에게 나팔소리가 무엇을 뜻하는지 물어 보았는데, 그 젊은 엘프는 매우 흥에 겨워하며 대답해 주었다.

"축제가 시작된다는 것을 알리는 소리예요! 드디어 축제가 시작되었어요!"

"아 — 네."

프랭크는 축제가 시작되었다는 것을 아이들에게 알려 주었고, 모두들 매우 즐거워했다.

"근데 이제 뭐하지?"

위시드가 묻자 시비어는 대답 대신 혼잣말을 했다.

"루리아를 만나 봐야 할 텐데."

"금세 찾을 수 있을 거야."

필리코니스가 말을 하자마자 루리아가 그들을 부르는 소리가 들렸다. 그들은 소리가 들리는 동상 쪽으로 사람들을 뚫고 갔다. 그곳에서 루리아가 그들을 반겼다.

"이제부터 축제가 시작된답니다. 모두들 마음껏 즐기세요."

"그런데 이 동상이 루리아와 너무 닮았어요. 무슨 관계가 있는 거죠?"

위시드가 아까부터 궁금했던 사실을 묻자, 그녀는 동상을 한 번 힐끔 보더니 대답해 주었다.

"이건 저의 할머니의 젊었을 때 모습을 동상으로 세운 거예요. 저는 어머니보다 할머니를 많이 닮았다고들 해요. 할머니는 그러니까 엘프루아의 어머니나 마찬가지셨어요. 사랑이 넘쳐나는 마을이 되도록 항상 노력하셨으니까요. 이제 보니 정말 닮긴 닮았네요."

"참, 이제 우린 뭘 해야 하죠?"

"스페셜 루아 만들기 행사에 참가하실래요? 지금쯤 재료 준비를 다 마쳤을 거예요."

"스페셜 루아 만들기라뇨?"

"엘프와 정령들이 힘을 합쳐 스페셜 루아를 만드는 행사예요. 1년 동안 틈틈이 짜투리 시간에 모은 특별 재료들을 한데 섞어 루아에 첨가하면, 정말 특별한 맛의 루아가 만들어지지요. 이건 한 사람 앞에 한 잔씩 골고루 돌아가기 때문에 모두들 기대가 크답니다."

"저희도 참가하고 싶어요."

"그럼 저를 따라오세요."

루리아는 동상을 지나 엘프들이 우글거리는 곳으로 그들을 데리고 갔다.

그곳에서는 식당에서 루아를 나눠 줬던 땅딸막한 엘프가 매우 기다란 탁자 위에 갖가지 재료를 올려놓고 그 재료들을 거대한 나무 드럼통에 전혀 아까워하는 기색 없이 마구 털어 넣고 있었다.

"저게 다 뭐죠?"

바이올렛이 자세히 보려고 엘프들의 머리 사이로 고개를 쑥 내밀며 말했다.

"작년에 축제가 끝난 후, 정령들이 틈틈이 모은 희귀한 재료들이에요. 그런데 저 재료 중에는 운 좋게도 작년에는 넣지 못했던 네네카 잎이 엄청나게 들어 있어요. 깊은 숲속에서 딱 한 그루의 네네카 나무를 발견했거든요. 매우 귀한 재료죠."

루리아가 말하자, 이번에는 위시드가 물었다.

"재료를 모두 집어넣은 다음엔 어떻게 하나요?"

"엘프들이 저 드럼통 가운데에 꽂혀 있는 매우 기다란 막대를 잡고 정령들의 신호에 맞춰서 돌리면 돼요. 엘프들이 빨리 시작하라며 항의를 하는 것 같네요. 여러분은 끝 쪽으로 가서 안전하게 돌리세요. 저는 통 위에 올라서서 지휘를 할 테니까요."

그녀는 말하고 나서 드럼통의 뚜껑을 덮고는 그 위에 올라서서 정령들에게 신호를 보냈다.

"앞으로 두 번!"

그녀가 외치자 정령들은 파란 불빛을 두 번 반짝거렸다.

정령을 유심히 보던 엘프들은 온 힘을 다해 막대를 앞으로 두 번 돌렸다. 엄청나게 큰 소리가 나면서 루아가 재료와 잘

섞였다.

그렇게 수십 차례 앞뒤, 양 옆으로 루아를 섞었는데, 끝날 때쯤 되자 루리아와 엘프, 정령들이 모두 매우 힘에 부치는 것 같았다.

루리아가 손을 번쩍 들어 끝났다는 신호를 하자 정령들은 신이 나서 날개를 퍼덕였고 엘프들은 박수를 치며 환호했다.

그들은 차례차례 줄을 서서 미리 준비한 나뭇잎 잔을 꺼내 빠른 속도로 땅딸막한 엘프에게 배급을 받았는데, 어찌나 빠른 속도로 줄이 줄어드는지, 거의 끝에 서 있었는데도 금세 스페셜 루아를 받을 수 있었다.

플럭은 신이 나서 루아를 금세 마시려 했는데, 주위를 돌아보니 모두들 마시지 않고 잔을 들고만 있었다. 알고 보니 루리아가 신호를 내려야만 동시에 먹을 수 있었다.

플럭과 시비어는 참기 어려운 듯 침을 꿀꺽 삼키며 루리아만 물끄러미 바라보았는데, 루리아도 유난히 큰 잔을 들고 드럼통 위해 서 있었다. 루리아는 플럭과 시비어를 찾아 손을 한 번 흔들어 주고는 외쳤다.

"건배!"

모두들 함성을 지르며 단숨에 스페셜 루아를 마셨다. 정령들은 드럼통에 들어가 홀짝홀짝 마셨고, 엘프들은 단숨에 잔을 비웠다. 다들 잔을 위로 내던지면서 외쳤다.

"만세!"

그들의 외침에 시비어와 플럭도 덩달아 만세를 외쳤는데, 갑자기 플럭이 시무룩해지더니 말했다.

"한 잔만 더 마셨으면 소원이 없겠다."

"나도 그러고 싶은 마음이 굴뚝같지만, 루리아가 그러는데 너무 많이 먹으면 몸에 좋은 영양분이 엄청나게 압축된 루아를 견뎌내지 못하고 만대. 그리고 한 잔만 마시는 게 풍습이라잖아."

시비어도 내던진 나뭇잎 잔을 다시 주워 만지작거리며 말했다.

"그래. 맞는 말 같아. 아무튼 너무 즐거웠어. 엘프들과 정령들이 힘을 합쳐 만든 것이라 더 맛있었던 것 같아."

플럭은 단념한 듯 그렇게 말하며 루리아에게 달려갔다. 그를 따라 모두 그에게 달려갔는데, 루리아는 피곤한 듯 비틀거리면서 드럼통에서 천천히 내려왔다.

"엘프들과 정령들이 너무 협동을 잘해 줘서 작년보다는 더 훌륭하게 해낸 것 같아요. 참, 다음 순서는 엘프와 정령들이 함께 하는 루아 채취하기랍니다."

루리아는 그들이 참가하길 바랐지만, 필리코니스는 해야 할 일이 많고, 또 킥워드가 깨어날지도 모른다는 불안감 때문에 엘프루아를 속히 떠나고 싶었다.

프랭크의 생각도 마찬가지였는데, 몇몇 사람들은 마냥 아쉬워했다. 결국 그들은 축제를 뒤로 하고 길을 떠나기로 했다. 시비어가 루리아에게 떠날 것을 알렸다.

"굳이 빨리 떠나셔야 한다면 이걸 지금 드려야겠네요."

루리아가 섭섭해하며 손에 감고 있던 상자가 달린 팔찌에서 보석을 하나 꺼내어 시비어에게 주었다. 그 보석은 엘프루아에서 신물이 나도록 보았던 투명한 분홍색의 보석이었는데, 그녀는 시비어의 손에 보석을 쥐어 주며 말했다.

"이건 비팀의 연락을 받고 제가 보관하고 있던 핑크 크리스털이에요. 소중히 간직하세요."

시비어는 크게 고개를 끄덕이고는 가방 안에 준비해 두었던 여분의 천에 둘둘 말고 너댓 번 매듭을 지어 지팡이와 골드, 브라운이 있는 곳에 깊숙이 끼워 두었다.

"그럼 다시 올게요."

7명 모두가 일제히 외치자 루리아와 엘프들은 울먹이며 손을 흔들어 주었다. 정령들도 아쉬움에 끽끽거리며 배웅해 주었다.

"꼭 다시 들러 주세요."

그들의 모습이 보이지 않을 때까지 돌아보던 시비어는 무슨 생각이 떠올랐는지 갑자기 가방을 마구 뒤졌다. 그 모습을 본 바이올렛이 물었다.

"뭘 찾는 거야?"

"지팡이. 홈이 10개가 되었는지 확인해 보려구."

"확인하지 않아도 돼."

바이올렛이 던진 말에 시비어는 잠시 뒤지는 것을 멈추고는 물었다.

"왜?"

"진짜 같아서."

"어째서?"

"그냥, 감으로!"

그녀의 자신만만함에 당황한 시비어는 어쨌든 지팡이를 찾아 홈을 자세히 들여다보았다. 틀림없이 10개가 자리잡고 있었다. 시비어는 피식 웃으며 바이올렛에게 말했다.

"정말, 뛰어난 감각을 타고났구나!"

"뭘. 기본이지."

바이올렛이 으스대며 대답하자, 앞에서 걷던 데이피가 뒤를 돌아보며 외쳤다.

"왠지 추워지지 않니?"

시비어는 가만히 생각해 보더니 앞에까지 들릴 만큼 큰 소리로 외쳤다.

"그래, 조금 추워진다!"

그들의 말대로 기온이 점점 내려가고 있었다. 급기야는 입술이 달달 떨릴 정도로 추워져서 결국 가방에 쑤셔넣은 두꺼운 겉옷을 꺼내 입어야 할 정도였다.

그들이 몸을 앞으로 웅크리고 발에 물집이 잡히도록 한참을 걸어가자, 두 번의 경험으로 인해 느껴지는 옵스트러의 기운이 느껴졌다.

프랭크가 지도를 잽싸게 펴보더니 뒤에서 떨면서 따라오는 아이들에게 외쳤다.

"얘들아. 단단히 준비하자. 옵스트러가 가까이 있어."

이미 프랭크의 손에 들린 지도는 망가져서 쓸 수 없게 되었고, 모두들 뭔가 으스스한 기운에 휩싸이게 되었다.

"저기 거대한 문이 보인다!"

위시드가 있는 힘껏 외치자 플럭은 입술이 얼었는지 더듬으며 말했다.

"그 글씨도 점점 보인다. 뭐라고 써 있지?"

그는 말하고 나서 잠시 쉬더니 좀더 가까이 거대하게 다가오는 문을 바라보며 다시 말했다.

비터 콜드

"비터 콜드. 무슨 뜻일까? 다른 옵스트러보다 더 무시무시한 기운이 느껴진다."

위시드가 말하자, 필리코니스는 입이 얼었는지, 아니면 두려움 때문인지 천천히 대답했다.

"들-어-가-보-면 알-겠-지.-늘-그-래-왔-잖-아."

그의 말이 끝나자마자 시비어가 지팡이를 꺼내들고 앞장서며 말했다.

세번째 크리스털 핑크

"애들아! 들어가자!"

7명은 커다란 문 주위를 둘러쌌는데, 모두들 옵스트러에 대한 두려움으로 가득차 덜덜 떨고 있었다.

그들이 막 주문을 외우려던 찰나, 어디선가 날카로운 목소리가 들려왔다.

"스퀴드넥스! 지팡이!"

11
아, 주베츠

매직 아일랜드

까만 망토를 두르고 섬뜩해 보이는 눈에 검은 화장을 한 그들과 비슷한 또래의 소녀가 지팡이를 휘두르며 외쳤다.

"무슨 짓이야!"

자신의 지팡이를 빼앗긴 플럭이 당황해하며 소리쳤다. 그 검은 망토를 입은 아이는 피식 웃더니 말했다.

"너희들, 옵스트러를 통과하고 싶은 모양이지? 그 동안 운이 좋아서 여기까지 왔는지는 모르지만, 더 이상은 힘들걸?"

"도대체 넌 누군데 내 지팡이를 빼앗아 가는 거야?"

플럭은 얼굴이 새빨개져서 버럭 소리를 질렀다. 소녀는 역겹다는 듯이 이상한 표정을 짓더니 지팡이를 다시 플럭에게 던져 주었다. 순식간에 지팡이를 빼앗겼다가 되돌려 받은 플럭은 잠시 멍하니 지팡이를 쥐고 서 있다가 모두에게 말했다.

"쟤, 도대체 뭐지?"

시비어는 플럭을 측은하게 바라보더니 더 이상은 참을 수 없다는 듯이 그 사악해 보이는 아이에게 한걸음 나아가 말했다.

아, 주베츠

"네가 누군지는 모르지만, 할 얘기가 있으면 정정당당하게 여기까지 와서 할 말만 해. 바쁜 사람들 붙잡고 방해하지 말고."

"내 이름은 주베츠야. 킥워드님에게 직접 가르침을 받은 수제자이지. 내가 아까 말했잖아. 너희는 운이 좋아 여기까지 온 거라구. 너흰 위대하신 킥워드님이 세상을 지배하려는데 재를 뿌린 그 늙은 마법사들의 심부름꾼일 뿐이라구! 이쯤에서 순순히 비팀으로 도망쳐. 그리고 너희들이 처음 왔던 곳으로 썩 돌아가라구!"

소녀는 새까맣게 칠해진 눈썹을 눈에 띄게 치켜 올리면서 앙칼지게 말했다. 그녀의 말에 머리 끝까지 화가 난 데이피는 한걸음 성큼 나서서 말했다.

"우리도 그러고 싶다! 하지만 너 같은 킥워드의 무리 때문에 불안해서 돌아갈 수가 있어야지!"

"말로 해선 안 되겠군."

주베츠는 데이피의 말을 한귀로 흘려 버리고는 지팡이를 높이 들어 외쳤다.

"악튜린스크!"

그녀가 짧게 주문을 외우자, 그녀의 지팡이 끝에 달린 검은 색의 보석에서 기분 나쁜 어두운 색의 연기가 꾸물꾸물 나와 빠르게 수호인들의 주위를 둘러쌌다.

"아! 이게 뭐야!"

시비어가 소리를 내지르며 뒤로 주춤주춤 물러서자 그 연기는 빠른 속도로 그들의 머리를 휘감았다.

"기분 나빠!"

"이상한 냄새도 나!"

주베츠가 날린 이상한 연기는 점점 그들을 고통스럽게 했다. 곧 그들은 굉장히 심한 두통에 시달렸는데, 그 중 필리코니스가 가장 괴로워했다.

모두가 신음소리를 내고 있을 때, 위시드가 머리를 한 번 세게 흔들더니 지팡이를 들고 외쳤다.

"라이츠!"

번개 날리기 주문이었다. 그녀도 두통이 심해 얼굴을 찡그렸다. 지팡이 끝에서 번개가 날아갔다. 여느 때보다 강해 보이는 번개였다. 주베츠는 빛을 보더니 기겁을 하면서 날카로운 목소리로 외쳤다.

"빛은 싫어!"

그녀는 밤하늘 같은 검은색의 망토로 몸을 감추며 순식간에 사라졌다. 그녀가 사라지자 모두를 괴롭히던 연기도 모습을 감추었다. 필리코니스는 식은땀을 마구 흘리며 말했다.

"주베츠란 녀석, 어디 갔지?"

"위시드가 번개를 날리자마자 빛이 싫다고 하면서 없어져 버렸어."

시비어가 말했다. 굳이 말하지 않아도 그들은 주베츠가 어둠의 무리여서 빛을 싫어한다는 것을 알 수 있었다.

아, 주베츠

"그런데 필이 제일 괴로워하지 않았어?"

시비어가 천천히 말하자 바이올렛은 고개를 갸우뚱거리며 말했다.

"글쎄? 나도 너무 머리가 아파서 잘 못 봤어."

그들의 대화를 들은 필리코니스가 황급히 시비어 대신 말해 주었다.

"시비어 말대로 정말 아팠어. 주베츠가 웃으면서 쳐다보는데 두통에다가 배까지 아팠어."

"화장실을 못 가서 그런 거 아니야?"

데이피가 심각한 상황임에도 불구하고 낄낄대며 말하자, 필리코니스는 얼굴을 찌푸리며 단호하게 대답했다.

"아니야."

"그런데 왠지 주베츠가 다시 나타날 것 같은 느낌이 들어."

바이올렛의 추측이 또다시 시작되었다. 그녀가 진지하게 말하자 플럭이 코웃음을 쳤다.

"다시 나타나겠지. 당연한 것 아냐? 딱 보니까 성질이 못된 것 같던데."

그의 말에 데이피가 맞장구쳐 주었다.

"맞아. 그 눈."

"징그러워."

위시드도 고개를 끄덕이며 동조했다.

그들이 신나게 주베츠에 대해 말하고 있을 때, 필리코니스는 여전히 어지러운 듯 머리를 꾹꾹 누르더니 위시드와 데이피, 플럭에게 말했다.

"그애는 신경쓰지 말고, 우리 갈 길이나 가는 게 어때?"

"맞아. 우리에게는 지금 옵스트러가 가장 중요하다구."

시비어는 그렇게 거들며 다시 옵스트러의 문 앞에 섰다.

필리코니스와 위시드가 그녀를 도와 잠금 해제 주문을 외우려 하자, 모두 가까이 다가와 함께 주문을 외웠다. 주베츠도 방해하지 않았고 이상하리만큼 순조로웠다.

"맥크닛!"

역시 요란한 소리와 함께 문이 열렸다. 문이 열리자마자 갑자기 눈보라가 몰아쳤다. 그들은 거센 눈보라에 뒤로 물러날 수밖에 없었다. 겨우겨우 옵스트러 안으로 들어가자 주베츠가 멀리 서 있는 것이 보였다.

"또 쟤야?"

플럭이 한숨을 푹 쉬며 말하자 데이피는 어깨를 으쓱거리며 포기했다는 표정을 지어 보였다.

주베츠가 뭐라고 말하는 것 같았으나 도저히 바람 소리 때문에 들을 수 없었다. 어차피 못 들은 것이 다행일지도 몰랐다. 주베츠의 말을 들어 봤자 기분만 상해질 게 뻔하기 때문이었다.

"에-취! 너무 춥다."

시비어가 오들오들 떨면서 재채기를 하며 말했다. 정말 비터

아, 주베츠

콜드 안은 눈보라가 휘몰아치는 북극 같은 곳이었다. 드문드문 빙산 같은 얼음 덩어리가 보였고, 쉬지 않고 거센 바람이 불었다. 덜덜 떨고 있는 아이들에게 주베츠가 가까이 다가와 말했다.

"승부를 내자. 어차피 뻔하게 결정난 승부지만."

"에-취! 무슨 소리야?"

시비어가 또다시 재채기를 하며 말했다. 주베츠는 한심하다는 듯 팔짱을 끼고 그들을 위아래로 훑어 보며 말했다.

"이래서 멍청한 애들과는 대화를 못하겠다니까."

그녀는 그렇게 말하고는 무슨 말을 또 하려고 했으나 플럭이 씩씩거리며 주베츠에게 잎 날리기 주문을 사용하려고 해서 말이 끊기고 말았다.

"너 말 다했어? 리오그린!"

그의 보석인 그린에서 엄청난 양의 날카로운 잎이 쏟아져 나와 주베츠를 향해 날아갔으나, 눈보라의 힘에 밀려 모든 이파리가 후드득 얼음바닥에 떨어져 버렸다.

"호호호. 정말 웃기는구나! 너무 재미있어. 계속 그렇게 바닥에 뿌려 봐. 얼마든지 상대해 줄 테니."

주베츠는 실패로 끝난 플럭의 마법을 비웃으며 공격 주문을 외웠다.

"네피어루."

말이 떨어지기가 무섭게 그녀의 지팡이 끝에서 수백 마리는 족히 되어 보이는 검은 나방들이 기분 나쁜 가루를 뿌리면서 쏟아져 나왔다.

"으악—"

검은 나방들은 그들 주위를 돌면서 덤벼들었다.

모두들 일제히 비명을 지르며 마구잡이로 주문을 외워 댔다.

"라이츠!"

"리오그린!"

"키바팅카!"

"루비듀모스!"

바이올렛은 다른 아이들처럼 마법을 쓰지 않고, 당황했는지 계속 지팡이로 나방을 쳐냈는데, 역부족이었다. 온갖 주문들이 다 사용되었지만, 그 끔찍한 나방떼는 꿈쩍도 하지 않고 그들을 괴롭혔다. 단지 시비어가 루비듀모스 주문을 외웠을 때 나방 10마리 정도가 지지직거리며 타들어 갔을 뿐이었다.

"미치겠다! 어떡하지?"

플럭이 정신없이 이파리를 날리다가 가루가 콧속으로 들어갔는지 콜록거리며 말했다.

"누구 이 나방과 저 주베츠와 맞설 사람!"

시비어가 루비듀모스 주문을 외우다 거의 소리를 지르다시피 아이들을 향해 외쳤다.

"누구 한 사람이 하는 것이 아니라 우리 모두 협동해서 해야 하지 않을까?"

프랭크가 그렇게 말하자 주베츠는 또다시 비웃으며 말했다.

"뭐야, 일곱 명이 나를 못 이겨? 1대1로 싸우자고 하기는커녕 자기들끼리 뭉치려고 하니 정말 한심하다. 이거나 받아라! 스프링크!"

예쁘게 들리는 주문과는 달리 그녀의 지팡이에서 이번에는 공포스런 파리떼가 나왔다. 윙윙거리며 자기들에게 돌진해 오는 파리들을 보며 모두들 기겁을 하고 소리를 질렀지만 유독 데이피는 뭘 믿고 그러는지 꼿꼿이 서서 지팡이를 들고 뭔가를 외치려는 기세였다.

"데이피! 피해!"

플럭이 아이들과 옆으로 도망치며 말했다. 그러자 그는 미소까지 지어 보이며 말했다.

"내가 해볼게."

"무슨 수로?"

바이올렛이 뜨악한 표정을 지으며 외쳤다. 하지만 데이피는 마음을 굳혔는지 다가오는 벌레들을 향해 외쳤다.

"애니멀로우!"

아무래도 그는 그 나방과 파리들과의 대화를 시도하려는 듯했다. 프랭크가 말리려고 했지만 그의 의도를 알아차리고는 오히려 아이들에게 그를 지켜보자고 말했다. 그 와중에도 검은 나방과 파리떼는 계속 달라붙어 떼어 내느라 그들은 정신이 없었다.

데이피가 뭐라고 말하며 나방과 파리와의 대화를 이끌어 나가자 주베츠가 당황했는지 지팡이의 보석에 입김을 불었다. 그러자 보석에서 검은 연기가 또다시 나와 나방들과 파리떼를 끌어 모은 꼴이 되었다.

"휴— 성공이다!"

아이들은 자신들을 괴롭히던 나방과 파리떼가 감쪽같이 없어지자, 데이피에게 달려와 마냥 기뻐하며 날뛰었다. 데이피는 목소리를 갑자기 낮추더니 그들에게 말했다.

"내가 저 나방떼와 파리떼와 얘기해 보니 너무 불쌍하더라."

"뭐가?"

플럭이 묻자 그는 재빨리 대답했다.

"쟤네들은 엘프루아의 깊숙한 숲속에서 살았었대. 흉측한 자기들의 모습에 엘프들이 놀랄까 봐 숨어서 살았던 거야."

"그런데 왜 주베츠와 한패거리가 된 거야?"

위시드가 물었다.

"말하자면 조금 길어."

데이피가 뜸을 들이자 바이올렛이 재촉했다.

"빨리 말해 봐. 궁금해 죽겠어."

"알았어."

그는 짤막하게 대답하고는 이야기를 시작했다.

"그들은 어둠의 무리가 나타나기 전까지는 매우 평화롭게 살았었대. 그런데, 어느 날 갑자기 검은 옷을 입고 검은 눈 화장을 한 무리들이 나타나 엘프루아를 점령했대. 수많은 엘프들을 잡아가고, 정령들에게 상상조차 하기 힘든 어려운 일을 시키고……. 그래서 그들은 이 위기에 처한 마을을 도우려고 힘을 모아 공격을 했대."

그가 여기까지 말했을 때, 위시드가 말을 끊고 물었다.

"저렇게 숫자가 적은데?"

그녀의 물음에 데이피는 고개를 가로저으며 다시 입을 열었다.

"아니야. 저 숫자로는 터무니없지. 자기 동족이 엄청나게 많았대. 아무튼 그들은 완전히 하늘을 까맣게 덮을 정도로 엄청난 수가 모였을 때 공격을 시도했나 봐."

"실패… 였지?"

필리코니스가 우울하게 말하자 데이피는 고개를 끄덕이며 대답했다.

"휴― 그래. 권위 있는 마법사들도 상대하기 벅찬 어둠의 무리를 어떻게 곤충이 물리칠 수 있겠니? 아무튼 공격은 실패로 돌아갔고, 어둠의 무리들은 각자 생포한 나방, 파리떼를 나누어 가졌대. 어둠의 무리들은 그들에게 마법을 걸어 주인이 명령하지 않은 이상은 절대로 지팡이에서 빠져나오지 못하도록 해버렸고, 자유를 빼앗았어. 그들은 억지로 선한 사람들을 공격해야 하는 곤란한 처지에 놓인 거야."

"그럼 아까 너랑 대화했던 건?"

"아, 그거? 주베츠가 방심하는 사이에 그들의 정신력으로 잠시 버틴 거지."

시비어의 물음에 친절히 대답해준 데이피는 주베츠가 아직 버티고 있다는 사실을 그제야 알아 차렸는지 지팡이를 들고 있는 오른손 주먹에 힘을 주며 나머지 6명에게 말했다.

"모두들 긴장해. 주베츠와의 대결이 아직 끝나지 않았어."

주베츠는 어느새 그들의 코앞까지 와서 팔짱을 끼고 발을 까딱까딱 흔들며 거만하게 서 있었다. 그녀는 한참을 싱글거리다가 말했다.

"내가 왜 너희들이 말할 동안 기다려 줬는 줄 알아?"

"무슨 소리야?"

시비어가 당장이라도 주먹을 날릴 기세로 물었다. 주베츠는 얼른 대답했다.

"무슨 소리긴. 너희가 얘기할 동안 내가 공격해서 단숨에 이겨 버리면, 너무 재미없잖아. 안 그래?"

"웃기는 소리 하는군. 정정당당하게 1대1로 싸우자."

프랭크가 용기를 내어 한걸음 다가서며 말했다.

"너희들 배짱 하나는 끝내주는구나? 하지만 어쩌지? 나는 너희 모두를 한꺼번에 상대하고 싶은데. 나중에 후회하지 말고 그냥 덤벼."

주베츠의 말에 분개한 시비어가 맨처음 주자로 나섰다.

"그렇게 자만하다가 큰코 다친다구. 간다!"

아, 주베츠

그녀는 지팡이를 주베츠에게 겨누고는 주문을 외웠다.

"파이클!"

말이 끝남과 동시에 그녀의 지팡이 끝에선 끊임없이 탁탁 튀는 불씨가 터져 나왔다.

"아!"

불씨가 자신들에게 다가오는 것처럼 느껴져 수호인들은 눈을 찡그리고 그것을 바라볼 수밖에 없었다.

불씨는 눈보라에 의해 꺼질 것만 같았지만 워낙 강해 하늘에 높이 솟구쳤다가 떨어져 얼음을 녹이기까지 했다. 몇몇 개는 주베츠의 망토에도 떨어져 불이 활활 타올랐는데, 그녀는 조금도 당황하지 않고 역시 거만하고 당당한 폼으로 망토를 벗어 던졌다.

망토를 벗으니 검정색의 또 다른 망토가 나왔는데, 매우 두꺼워 보였다.

"겨우 이 정도야?"

주베츠는 여유를 부리며 주문을 외웠다.

"악튜린스크!"

아까의 두통이 떠오른 필리코니스는 울상을 지으며 위시드를 불렀다.

"위시드! 위시드!"

위시드는 겁이 났지만, 성큼성큼 걸어가면서 주문을 외웠다.

"라이츠!"

역시 아까와 마찬가지로 그녀의 주문은 번쩍거리는 번개를 날리도록 만들었다. 주베츠의 불씨는 빛이 반짝거릴 때마다 힘없이 사라졌는데, 주베츠는 위시드를 잠시 노려보더니 지팡이를 높이 쳐들고 천천히 돌리면서 주문을 외쳤다.

"아메티즈."

그녀의 지팡이 끝에서 이제까지와는 비교도 안 되는 새까맣고 굵은 연기가 나왔다. 그것들은 빠르게 회전하더니 회오리를 만들어 검은 가루를 날리며 다가왔다. 그 가루를 맡은 모두는 또다시 기절할 듯이 두통을 느꼈다. 그런데 이번엔 주베츠도 괴로워하는 것 같았다. 그녀는 얼굴을 찌푸리며 이마를 짚고는 힘겹게 서 있었다.

"우… 아무래도 다같이 싸워야겠어."

플럭이 말하자 모두들 고개를 끄덕이며 둥그렇게 모여 섰다. 그들은 여전히 두통에 시달리고 있었다. 다행히 주베츠가 자신의 어둠의 마력과 싸우느라 정신이 없었으므로 그들은 그 틈을 이용해 작전을 세워야 했다. 필리코니스가 제일 연장자답게 먼저 의견을 내놓았다.

"하나, 둘, 셋, 하면 동시에 자신의 주문을 외우는 게 어때?"

그의 의견에 모두 찬성했다. 7명의 힘을 모두 합쳐서 겨우 주베츠 하나를 상대해야 하는 것이 조금은 자존심 상하는 일이었지만, 지금 상황에선 어쩔 수 없는 일이었다.

주베츠는 그들이 지금쯤 쓰러져야 할 텐데 난데없이 나란히

서서 그녀를 노려보자 조금 당황했는지, 이마에서 손을 떼고는 지팡이를 쥐고 싸울 태세를 갖추었다.

"7대 1이라 - 결국 너희들이 이 길을 택할 줄 알았어. 뭐, 가뿐하게 이길 자신이 있으니 얼마든지 상대해 줄게."

"싸우기 전에 한 가지 묻자. 도대체 우리에게 원하는 게 뭐지?"

프랭크가 무표정인 무서운 얼굴로 주베츠에게 묻자, 그녀는 잠시 고민하더니 별것 아니라는 듯 툭 내뱉었다.

"대충 말하면 킥워드님이 시켜서이고, 자세히 말해 주자면 너희들이 갖고 있는 레인보 크리스털을 빼앗아 킥워드님께 바치기 위해서지."

모두의 표정이 굳어졌다. 정말 무서운 아이라는 생각밖에 들지 않았다. 주베츠의 의도를 알았으니 이제 그 아이로부터 레인보 크리스털을 지키는 일을 해야 했다. 다들 마음을 굳게 먹고 지팡이를 들었다.

주베츠도 미소를 띠며 자신의 지팡이를 들었다. 주베츠를 노려보는 것도 잠시였다. 누가 먼저랄 것도 없이 정확히 3초 뒤, 그들은 각자 자신의 주문을 외웠다.

시비어는 '루비듀모스' 주문을 외웠고, 위시드는 당연히 '라이츠' 주문을 외웠다. 데이피는 '잘로우'라는 독벌 날리기 주문을 외웠고, 플럭은 당연히 '리오그린' 주문을 외웠다. 그리고 프랭크는 '키바팅카', 필리코니스는 '아메티즈' 주문을 외웠는데, 필리코니스의 속성도 어둠이었으므로 아까 주베츠가 써먹었던 주문을 똑같이 외웠다.

이 마법은 어린 마법사가 하기에는 힘든 주문이므로 주문을 외우는 사람까지 조금의 피해가 가는 힘이 센 마법이었다. 마지막으로 바이올렛은 '리크리티피' 주문을 외웠는데, 과연 주베츠가 순순히 잠들지 의문이었다.

그들이 이렇게 각각 주문을 외울 동안 주베츠는 자신의 두 번째 망토를 벗더니 거기에 지팡이를 갖다 대고는 천천히 주문을 외웠다.

"메키돔스-나프네크-메키돔스-."

그러자 그녀의 망토는 번쩍이더니 투명한 막이 생겼다. 그녀는 마치 회오리 같은 7명의 수호인들의 공격이 점점 다가오자 막이 생긴 망토로 몸을 감쌌다. 그러자 믿을 수 없는 일이 벌어졌다. 절대 막을 수 없으리라 생각되었던 수호인들의 무지개 빛으로 반짝이는 공격이 단지 얇은 막이 덮인 검은 망토에 의해 튕겨 나간 것이다.

"이, 이게 어찌된 일이지?"

프랭크가 넋이 나간 채로 말했다. 바이올렛은 울먹거리며 믿을 수 없다는 듯이 외쳤다.

"쟤는 악마야! 이번 공격은 지금껏 우리가 썼던 마법 중에 가장 강력한 것이었는데……."

"더 중요한 사실은 저 해골 버클 속으로 우리의 공격이 빨

려들어 갔다는 거야."

플럭이 꽁꽁 언 땅을 바라보며 중얼거렸다. 그들은 너무 놀라 두통 따윈 잊어버린 것 같았다. 시비어, 위시드, 바이올렛은 참았던 울음을 터뜨렸다. 이젠 거센 눈보라도, 참을 수 없었던 추위도 시시한 문제가 돼버렸다.

"도대체 어떻게 막아 낸 거지?"

필리코니스가 중얼거렸다.

"방탄 마법."

주베츠가 팔짱을 끼고 허리가 끊어지도록 한참을 정신나간 사람처럼 웃었다.

그리고는 다시 말했다.

"정말 재미있어. 가끔은 이런 형편없는 마법사들과 대결하는 것도 기분 전환 겸 좋겠는걸."

그들은 두려움에 덜덜 떨 수밖에 없었다. 주베츠가 다음 공격을 개시하고 있었다. 이젠 아무런 방법도 떠오르지 않았다. 그러는 동시에 그들의 머리 속은 더욱 맑아져 갔다.

2권에 계속─☆